Les Jolis Garçons

Mark Stevenson

Delphine
de Vigan

Petits Classiques
DU XXIe SIÈCLE

LAROUSSE

Les Jolis Garçons

Mark Stevenson

Delphine
de Vigan

Nouvelle

Édition présentée,
annotée et commentée
par Karine Juillien,
professeur agrégé de lettres classiques

Direction de la publication : Carine Girac-Marinier
Direction éditoriale : Claude Nimmo
Édition : Laurent Girerd
Lecture-correction : Joëlle Narjollet
Direction artistique : Uli Meindl
Couverture et maquette intérieure : Serge Cortesi,
Sophie Rivoire, Uli Meindl
Dessin de couverture : Alain Boyer
Mise en page : Philippe Cazabet, Marie-Noëlle Tilliette
Responsable de fabrication : Marlène Delbeken

ISBN : 978-2-03-591343-2

Sommaire

6 L'auteure
8 L'œuvre
11 Pourquoi lire l'œuvre ?

Les Jolis Garçons

Mark Stevenson

Delphine de Vigan

Pour approfondir

79 Clefs de lecture
84 Genre, action, personnages
90 Bibliographie et filmographie

L'auteure

Delphine de Vigan s'est imposée progressivement comme une auteure incontournable du paysage littéraire français, avec un nombre d'œuvres encore relativement réduit, mais des contenus marquants.

Son enfance et ses études

Delphine de Vigan est née le 1er mars 1966 à Boulogne-Billancourt et a passé son enfance en région parisienne. En raison des problèmes de santé de sa mère, elle doit quitter son collège pour aller vivre avec sa sœur chez leur père dans l'Orne. Elle y passe ses années de lycée et obtient un bac littéraire avec un an d'avance, avant de choisir d'entrer en classe préparatoire (hypokhâgne et khâgne) pour préparer le concours de l'École normale supérieure. Une bourse lui permet de prendre de la distance avec sa famille en revenant à Paris. Elle intègre le lycée Fénelon, dans le VIe arrondissement.

Une adolescence douloureuse

Son année de troisième est perturbée par les troubles psychologiques (bipolarité) de sa mère, qui sera finalement hospitalisée. La vie chez son père est un bouleversement important et elle comprend vite que les études, le travail et l'indépendance financière lui permettront de trouver la liberté et d'échapper à un environnement familial qui lui est devenu pesant. Seule à Paris, elle ressent cependant des difficultés personnelles qui lui font traverser une période d'anorexie. Elle passe son concours dans un état physique inquiétant et doit être ensuite hospitalisée pendant six mois. Elle s'en sort à 19 ans mais renoncera à ce cursus que ses résultats lui permettaient pourtant de reprendre.

Une heureuse reconversion

Elle se réoriente vers un IUT et passe un DUT en information-communication. Elle travaille pendant cinq ans puis reprend des études par le biais de la formation continue. Diplômée du CELSA (Centre d'études littéraires et scientifiques appliquées, grande école de communication rattachée à l'université de la Sorbonne à Paris), elle intègre un institut indépendant et s'y spécialise dans l'observation sociale du monde du travail. Si Delphine de Vigan a commencé un journal intime vers l'âge de 12 ans – qu'elle a poursuivi jusqu'à la naissance de son premier enfant, à 29 ans –, c'est alors qu'elle travaillait déjà qu'elle rédige de nuit quatre romans, encouragée par son premier éditeur.

Des succès variés

De nombreux prix (prix du roman Fnac, prix du roman France Télévisions, prix Renaudot des lycéens, grand prix des Lectrices *Elle*, prix des libraires, etc.) ont couronné ses romans, qui se sont vendus jusqu'à 400 000 exemplaires et ont été traduits dans vingt-cinq pays. L'un d'eux, *No et moi*, a même été adapté au cinéma. Ses succès lui permettent donc de vivre de sa plume depuis 2008.

Elle est désormais très sollicitée : jury du prix littéraire Françoise-Sagan, elle a écrit la préface d'une bande dessinée conçue par sa sœur et soutient une association qui lutte pour le traitement et l'intégration des personnes souffrant de bipolarité. Elle s'investit également dans le cinéma : elle a participé à l'écriture du scénario du film *Tu seras mon fils* (2011) et réalisé elle-même le long-métrage *À coup sûr* (2014).

À retenir

Delphine de Vigan a eu une adolescence perturbée et a ressenti tôt le poids des difficultés familiales. Lancée dans de brillantes études interrompues par l'anorexie, elle a surmonté la maladie et s'est réorientée avec efficacité. Très tôt, l'écriture a été pour elle une aide. Elle est devenue plus tard une nécessité et constitue aujourd'hui un métier à part entière, qui lui a apporté le succès. Elle s'essaie aujourd'hui à d'autres modes de création, notamment le cinéma.

L'œuvre

Une inspiration personnelle

Les œuvres de Delphine de Vigan intègrent des éléments intimes qu'elle a très vite assumés puisque seul son premier roman a été publié sous un pseudonyme (Lou Delvig). Cette œuvre autobiographique, parue en 2001 et intitulée *Jours sans faim*, est inspirée de ses problèmes d'anorexie. Nombre des personnages qu'elle a créés ont d'ailleurs des troubles psychologiques et ont vécu des épisodes de traitement, ou en auraient eu besoin, que ce soit Emma dans « Mark Stevenson » ou sa propre mère, dont elle raconte l'histoire dans *Rien ne s'oppose à la nuit*.

Dans *Les Heures souterraines*, c'est son expérience dans le domaine de l'observation du monde du travail qui lui a permis de reconstituer de façon très détaillée les souffrances de ses deux personnages principaux. Même si elle n'a pas vécu ce qu'ils subissent, elle l'a constaté au travers des témoignages recueillis lors des études qu'elle a dû mener.

Presque tous ses récits sont marqués par le motif de la disparition d'un enfant. Dans *Rien ne s'oppose à la nuit*, on apprend que sa mère, quand elle était encore très jeune, a perdu un petit frère, Antonin, dont le décès est resté entouré de silence. Dans *Jours sans faim*, ce décès, ainsi que les autres, est rappelé (« Sa mère venait de perdre son troisième frère »). Dans *No et moi*, le personnage principal, Lou, a vécu la mort subite de sa petite sœur, Thaïs. Celle-ci a donné lieu à « un grand vide, comme un trou noir ». Dans « Mark Stevenson » enfin, Emma, l'héroïne, a également perdu une sœur, Nathalie, et cette disparition, inexpliquée (« De l'enfant mort, ils ne disent rien », p. 31, l. 363), est devenue un tabou, un traumatisme dont on mesure l'ampleur dans l'œuvre de Delphine de Vigan à la récurrence presque systématique du motif.

L'utopie de l'amour

De nombreux personnages sont célibataires et souffrent de leur solitude, soit parce que leur travail ne leur permet pas une vie de couple ou de famille, soit parce qu'ils ne trouvent pas la personne qui leur conviendrait ou l'ont perdue. Dans *Les Heures souterraines*, Mathilde est veuve et Thibault, qui travaille pour SOS médecins, est célibataire. Emma, dans « Mark Stevenson », l'est aussi et a eu une adolescence de « vilain petit canard » qui l'a tenue longtemps à l'écart de l'amour.

Les personnages qui vivent en couple dans *Les Jolis Garçons* ne sont guère plus heureux : Betty trompe Marc et Ethan trompe sa femme ; les aventures d'Emma sont de courte durée. Certains couples sont même présentés comme impossibles malgré l'attirance éprouvée : Thibault, éperdument amoureux de Lila, dans *Les Heures souterraines*, la trouve insaisissable et ne peut que constater qu'elle ne l'aime pas (« Lila n'est pas programmée pour être amoureuse de lui »). L'impossibilité de l'amour semble donc une fatalité contre laquelle on ne peut pas lutter.

L'illusion de la rencontre

Mathilde, dans *Les Heures souterraines*, croise à deux reprises Thibault sans que jamais leurs trajectoires ne convergent vraiment. La construction du roman, qui présente alternativement les deux personnages, semble conçue pour les rapprocher. Pourtant, quand à la fin du roman ils sont l'un en face de l'autre, alors que tout indique qu'ils se remarquent, chacun repart de son côté et Thibault, qui trouve par terre le porte-bonheur de Mathilde, le jette à la poubelle. Contrairement à ce qu'on attend, « les gens désespérés ne se rencontrent pas. Ou peut-être au cinéma. Dans la vie, ils se croisent, s'effleurent, se percutent. Et souvent se repoussent. Comme les pôles identiques de deux aimants ».

Un difficile lien parental

Dans le film *Tu seras mon fils*, le personnage principal meurt alors qu'il a évincé et presque renié son propre fils. Dans la plupart de ses romans, Delphine de Vigan relate les difficultés des relations entre parents et enfants, s'inspirant de ses propres problèmes de communication avec sa mère. La maladie de celle-ci, expliquée dans *Rien ne s'oppose à la nuit*, l'empêchera de la connaître et de la comprendre véritablement avant sa mort. Le livre est d'ailleurs une sorte d'enquête et de reconstitution méthodiques sur sa vie.

Dans *Jours sans faim* et *No et moi*, les mères des personnages Laure et Lou sont malades et comme absentes, ne parlent plus, coupées du monde. Laure est même, à cause de cela, repoussée par son père qui dit d'elle qu'elle « pollue », qu'elle « pue » (« Tout ça vient de leur mère, internée quand Laure avait 13 ans, rien que pour l'emmerder lui, le persécuter, bousiller sa vie. »). Les rapports entre parents et enfants décrits dans ces œuvres donnent l'impression d'une proximité artificielle : ceux qui devraient être les plus proches deviennent parfois des étrangers voire des ennemis les uns pour les autres.

À retenir

Les écrits de Delphine de Vigan sont marqués par un certain pessimisme : l'impossibilité des personnages à communiquer, à s'entraider, à s'aimer durablement, les difficultés liées à l'enfance et à la perte d'un proche sont des thèmes récurrents, issus de son expérience personnelle. Dans ses romans, il n'y a presque jamais de *happy end* ; on est très loin des contes de fées.

Pourquoi lire l'œuvre ?

Un dévoilement progressif de l'intrigue

La nouvelle démarre *in medias res* : un personnage parle, on ne sait pas de qui il s'agit, on ne sait pas à qui il s'adresse. On comprend qu'il raconte un amour qui n'est plus, un homme qui l'a blessé. On ne sait pas si celui-ci est parti ou s'il est mort ; on devine progressivement que la narratrice l'a peut-être blessé en retour (« Je n'ai pas voulu frapper Marc, je n'ai pas voulu lui faire mal, je voulais juste qu'il se taise. », p. 43, l. 638-639).

En même temps que se dévoile l'intrigue, nous découvrons le personnage : cette femme qui parle s'appelle Emma et elle a un interlocuteur dont le nom n'est pas précisé mais dont l'identité se dévoile peu à peu.

Très vite le lecteur se demande comment elle en est arrivée là, et, s'il croit l'avoir deviné avant la fin, il n'en aura la confirmation que dans les dernières lignes du texte. Pourtant, quand la nouvelle commence, l'acte qui a amené Emma à parler a déjà eu lieu et l'histoire se construit donc à rebours.

L'implication forcée du lecteur

Le récit est fait à la première personne. Le vocabulaire employé est très personnel, marquant ; il révèle l'intimité de la narratrice qui ne cache rien de ses désirs, finit même par révéler sa honte et se met ainsi complètement à nu. Nous sommes directement en contact avec ses pensées les plus intimes, plongés dans son esprit. En tant que lecteur, on a l'impression de vivre les mêmes difficultés qu'elle, de les comprendre totalement.

Emma s'adresse à un professionnel tenu au secret ; le dialogue qu'il nous est donné de lire ne nous était pas destiné ; nous le lisons pourtant et nous sommes un peu comme des voyeurs qui observent des choses qu'ils ne devraient pas voir.

Une écriture simple

Dès la première page, quasiment toutes les phrases commencent par « Marc », qui a presque toujours la fonction grammaticale de sujet. La description de ce personnage dont le nom est omniprésent, voire obsédant, dans l'écriture comme dans l'esprit de la narratrice, se fait grâce à des phrases courtes qui ont presque toujours une construction réduite au plus simple (sujet, verbe, complément). Ces phrases, assez répétitives dans leur structure, sont comme un refrain lancinant, comme si le personnage d'Emma ressassait toujours les mêmes pensées.

Cette écriture apparemment simpliste, trop « facile » pour être honnête, cache en fait dans son lexique une clef de lecture fondamentale.

Un thème inattendu

L'amour, la souffrance et le mal-être qui lui sont liés sont les sujets qu'on reconnaît dans la majeure partie du livre ; ils sont explicites. On ne découvre cependant le thème le plus important qu'à la toute fin de l'ouvrage.

La passion est présentée comme une addiction dont la narratrice doit se défaire, et elle a pour cela besoin d'un suivi psychologique. Mais de quelle passion s'agit-il ?

Pour le savoir, il faut observer le texte en détail : des indices sont disséminés tout au long du récit. C'est, par exemple, en repérant les champs lexicaux et en étant attentif aux répétitions des mots qu'on peut percevoir ce que l'auteure a essayé de nous cacher.

À retenir

« Mark Stevenson » est un texte bref mais étonnant, dont le contenu se révèle au fur et à mesure de la reconstruction qu'en fait le lecteur, contenu qui évolue au fil de la compréhension que ce dernier en a. Ce qui ressemblait à la simple transcription écrite du récit oral d'une patiente à son médecin s'avérera une nouvelle originale. Sa chute incite à réfléchir sur les manipulations dont on peut être victime, en tant que lecteur et en tant que personne.

Les Jolis Garçons
Mark Stevenson

Delphine de Vigan

Nouvelle

Marc n'était pas chauve. Ou pas complètement. Marc se rasait le crâne, sans doute pour dissimuler une calvitie[1] trop avancée pour son âge. Marc était rasé et lisse. Marc était beau. Contrairement à d'autres hommes que j'ai pu fréquenter, Marc ne reniflait pas, ne toussait pas, Marc n'était jamais importuné par quelque démangeaison ou fourmillement intempestif[2] – en tout cas n'en laissait rien paraître – Marc ne bâillait pas, malgré ses nombreux déplacements et ses nuits sans sommeil, ne se frottait pas les yeux, Marc ne se mouchait pas, n'allait pas aux toilettes, en ma présence Marc se tenait droit.

À ma connaissance Marc n'a jamais été malade. Marc n'avait pas le teint pâle, ni les traits tirés, ne portait pas de chemise froissée

1. **Calvitie :** perte de cheveux.

2. **Intempestif :** qui arrive au mauvais moment.

ni de vêtement taché, Marc s'habillait chaque jour de manière différente, pouvait changer plusieurs fois de tenue au cours d'une même journée. J'ai connu Marc en costume, en jean, en smoking, en maillot de bain. Marc était toujours tiré à quatre épingles[1], l'épiderme lisse et le regard brillant. Marc échappait aux contingences[2] et aux impondérables[3], savait garder ses distances, Marc était inaltérable.

Non Marc ne disait jamais bonjour ni au revoir. Il était là et puis plus. Marc ne m'a jamais dit merci.

Le quinze septembre de l'année dernière, j'ai vu Marc pour la première fois. Le vingt-huit mai, j'ai cessé de voir Marc. Pendant ces quelques mois, Marc a été le centre de ma vie. Ou plutôt : Marc a été ma vie tout entière, ma vie aspirée dans cette spirale unique et vorace[4]. La banalité de ce constat n'ôte rien à la particularité de notre rencontre. J'aimerais

1. **Tiré à quatre épingles :** impeccable.
2. **Contingences :** événements qui peuvent survenir.
3. **Impondérables :** circonstances imprévisibles.
4. **Vorace :** qui dévore.

pouvoir parler de liaison mais je sais que le mot ne convient pas. Je cherche un autre mot qui dirait tout à la fois l'attente, la joie et la perte. Il n'y en a pas. Marc est un être à part, se situe hors de toute catégorie, dès lors qu'il s'énonce Marc se soustrait, s'échappe, d'ailleurs je devrais écrire « Mark » – et non pas « Marc » – mais c'est ainsi que Marc m'appartient. Je suis seule aujourd'hui à pouvoir parler de lui et, de tous les gens qui l'ont côtoyé, je suis celle qui l'a le mieux connu.

Marc restera à moi. Dans mon souvenir. Dans le souvenir opaque de ces quelques mois, dissous dans l'attente de nos retrouvailles.

C'était un jour gris, juste avant l'automne. Isabelle m'avait appelée vers neuf heures pour me demander de lui faire quelques courses parce qu'elle était malade. Je venais de perdre mon travail et ma vie était à peu près aussi vide qu'un couloir d'appartement témoin[1]. La porte était entrouverte quand je suis arrivée.

1. **Appartement témoin :** appartement-modèle, meublé au minimum, utilisé pour les visites des futurs acheteurs dans une nouvelle construction.

J'ai trouvé Isabelle enveloppée dans une robe de chambre en éponge, allongée sur le canapé, un oreiller coincé sous la nuque. La télévision était allumée. J'ai posé les sacs sur la table du salon. Marc était là, assis dans un fauteuil. Il souriait. Isabelle s'est levée d'un bond, a filé vers la cuisine. Sans prendre la peine de me présenter, elle avait attrapé les sacs en plastique et m'enjoignait déjà de la suivre.

Je me suis retournée, j'ai regardé Marc pendant plusieurs secondes, je ne crois pas avoir souri.

Isabelle s'est assise sur un tabouret pendant que je rangeais les courses. Du salon ne parvenait aucun bruit. Elle s'est mise à parler, de sa grippe, de son travail, de Raphaël, qui était parti un soir et n'était jamais revenu. Elle l'avait attendu jusqu'au matin, allongée sur le lit, les yeux grands ouverts. Quelques semaines plus tard il avait envoyé quelqu'un chercher ses affaires.

Deux ans après Isabelle ne pouvait rien raconter d'autre que cette blessure, et le bruit de la porte qu'il avait claquée, ce bruit qui la hante encore. J'ai refermé le réfrigérateur et les placards, me suis assise à côté d'elle, elle m'a semblé si frêle dans sa robe de chambre, j'ai eu envie de la prendre dans mes bras.

Quand nous sommes revenues dans le salon, Marc était parti. Isabelle a repris sa place sur le canapé, une couverture patchwork remontée sur ses jambes, les bras croisés au-dessous des seins, elle m'a semblé plus pâle qu'à mon arrivée. J'ai dit : je vais te laisser te reposer. Elle m'a fait signe d'éteindre la télévision.

Je ne crois pas qu'Isabelle m'ait remerciée pour les courses. Il y a longtemps qu'elle ne s'embarrasse plus des usages ni des convenances. Je ne peux pas lui en vouloir. Je sais que le manque prend parfois toute la place.

Sans le savoir Isabelle m'avait offert Marc et c'était bien assez.

Je n'ai pas cherché à le revoir. Marc était resté avec moi, comme une lumière violente se colle à la rétine. Marc était ce point lumineux, cette étincelle éblouie incrustée dans l'œil, Marc à sa façon m'était resté attaché, Marc m'avait suivie sans qu'aucun mot eût été prononcé. Marc est venu à moi, Marc s'est imposé, je pourrais dire *comme une évidence*, mais l'usure de l'image attirerait sans doute votre attention sur la mauvaise foi présumée de mon propos. Pourtant Marc est venu à moi, j'en suis sûre. Un après-midi, à dix-sept heures. Vous m'avez demandé à plusieurs reprises de raconter cette scène, mais à chaque fois il me semble que quelque chose manque, se dérobe, résiste à toute tentative de commentaire.

Le dix-huit septembre, soit trois jours après ma visite chez Isabelle, Marc était chez moi. Marc était là et portait une chemise noire. Un peu gêné, il s'est lancé dans un monologue sur les mystères de la rencontre et de l'attachement. Je traduis avec mes propres mots, Marc ayant toujours préféré le pouvoir évocateur des images à la précision du vocabulaire.

Je devais me rendre compte par la suite que Marc portait des chemises de couleur sombre – noir, marron, pourpre – plus rarement des tee-shirts, et qu'il était capable de parler plusieurs minutes autour d'une idée unique et relativement simple. Marc était capable de répéter à l'infini la même chose sous des formes différentes. Marc maniait l'art de la rhétorique[1] comme aucun autre homme de ma connaissance et, sous l'apparente platitude de son discours, se dissimulaient souvent d'inventives figures de style. Marc ne craignait ni la redondance[2] ni le ridicule. Par exemple (je préfère prendre les devants pour ce qui est des exemples, que vous me réclamez sans cesse pour illustrer mon propos – ce qui au fond ne m'étonne pas puisque vous ne connaissez pas Marc), il pouvait dire :

– La femme qui saura m'aimer doit m'attendre aujourd'hui, sans demander quand, sans exiger, sans pleurer, comme la terre attend la pluie.

Et quelques minutes plus tard :

– Comme la terre attend la pluie, la femme qui saura m'aimer doit savoir m'attendre, car l'amour sait s'armer de patience, sans larmes et sans exigences.

---

1. **Rhétorique :** technique qui permet de bien s'exprimer en public.
2. **Redondance :** répétition.

Pourquoi riez-vous ? Je restitue les propos de Marc avec l'exactitude et la précision qu'ils méritent. Je ne prétends pas que ces propos me fussent destinés. Entre Marc et moi, le lien s'était tissé de manière immédiate, invisible, et, au-delà d'une attirance physique évidente – et indéniablement réciproque – ce lien se nourrissait d'autres connivences[1].

Ce jeudi dix-huit septembre, Marc s'est donc lancé dans l'un de ces monologues interminables dont je devais comprendre très vite qu'ils constituaient son unique mode de communication. Il était assis là, en face de moi, et je percevais combien il lui était difficile de me regarder. Apprêté[2], ses mains posées à plat sur les accoudoirs, il avait au coin des lèvres cette esquisse de sourire qui, lorsque j'en parle – encore aujourd'hui et malgré tout ce qui s'est passé –, continue de me perforer le ventre. Je me tenais là, ni près ni loin de lui (je ne saurais préciser la distance exacte qui nous séparait), silencieuse. J'observais ses gestes, et sa bouche quand il parlait. Je n'ai pas posé de questions.

1. **Connivences :** complicités.
2. **Apprêté :** habillé avec soin, prêt.

Il m'a fallu du temps pour parler à Marc, mais j'y reviendrai. J'aurais voulu qu'il me tende la main, être au contact de sa paume, de sa peau, quelques secondes auraient suffi pour rendre à mon corps sa matière première, de chair et de sang, je sais de quoi je parle, je ne vais quand même pas faire un dessin. Quelques secondes auraient suffi mais je n'ai pas bougé, figée dans cette contemplation passive, bouche bée. Marc ne s'en est pas formalisé[1]. Il a dû mettre mon silence sur le compte de la surprise et cela prouve bien sa finesse d'esprit, la perspicacité de son jugement, car on peut dire littéralement que je n'en revenais pas.

Adolescente je portais des lunettes double foyer[2] et un appareil dentaire que mes cousins surnommaient *la centrale nucléaire*, ma mère me coupait les cheveux très court par mesure d'hygiène et, tandis que mes amies arboraient chaque jour des collants de couleurs

1. **Ne s'en est pas formalisé :** n'en a pas tenu compte, n'en a pas été blessé.
2. **Lunettes double foyer :** lunettes équipées de deux types de verres dont l'un permet de voir de près et l'autre de loin (ancêtres des verres progressifs).

différentes, je portais été comme hiver une blouse grise qui descendait jusqu'aux chevilles. Il m'a fallu longtemps pour comprendre que même le plus vilain des petits canards peut se transformer en cygne[1] quand il lui pousse des cheveux d'or et qu'il découvre les lentilles de contact.

Pour autant, encore aujourd'hui, je m'étonne toujours qu'un homme s'intéresse à moi.

Je n'ai pas d'idéal, comme je vous l'ai dit lorsque vous vous êtes inquiété de savoir quel était mon *genre d'homme.* J'ai aimé les hommes quand ils ont commencé à me regarder. Je peux dire que j'ai aimé des grands, des petits, des menus, des charnus, des chevelus, des clairsemés, des bons et des truands. Pourtant, lorsque je l'ai vu pour la seconde fois, au milieu de mon salon, j'ai compris que Marc était exactement mon *genre d'homme.* Et cela n'avait rien à voir avec le fait qu'il soit grand, bien habillé et de carnation[2] plutôt

1. **Le plus vilain des petits canards peut se transformer en cygne :** référence au conte *Le Vilain Petit Canard* d'Andersen.
2. **Carnation :** teint.

brune (pour ce que je pouvais en juger). Marc n'appartenait à aucun *genre* répertorié. Marc ne correspondait à aucun critère, Marc ne s'apparentait en rien aux hommes que l'on pouvait croiser dans la rue. Marc semblait capter une lumière particulière, à lui réservée. Marc était là et exerçait à mon endroit une attraction que je qualifierais de sexuelle par souci de simplification.

Marc n'est pas resté longtemps. Cette rencontre fut la première d'une longue série, toujours aux mêmes heures et pour un temps limité. Marc avait d'autres obligations, j'allais rapidement m'en apercevoir. Non que Marc m'ait caché quoi que ce fût, mais il avait sa façon à lui de dire les choses, avec toujours cet air de s'adresser à quelqu'un d'autre, comme si les fréquentes interférences[1] auxquelles nous étions soumis ne devaient pas avoir d'importance à mes yeux.

Quand je suis arrivée ici, je ne vous ai rien caché de la relation un peu particulière qui nous unissait Marc et moi, je n'ai rien caché,

1. **Interférences :** perturbations des ondes.

ni l'attente, ni l'isolement, ni la situation de Marc au moment où je l'ai rencontré. Jusqu'à cet instant de colère, où j'ai frappé Marc. J'ai frappé Marc le jour où j'ai cru n'être rien pour lui, je veux dire rien d'autre qu'une spectatrice impuissante, prête à tout entendre sans jamais rien recevoir. Je n'espère ni votre pardon ni votre compassion. Je voudrais juste que vous compreniez. J'ai eu si peur de le perdre. Je sais maintenant que je me suis trompée. Marc m'aimait. Marc, à sa manière, m'était fidèle autant que j'ai pu l'être à lui.

J'ai pleuré beaucoup plus tard. J'ai pleuré quelques heures après mon transfert dans cette institution spécialisée[1], lorsque vous vous êtes assis en face de moi. Vous avez ouvert un dossier qui portait mon nom écrit en lettres capitales, vous avez parcouru devant moi un rapport dactylographié fourni par l'hôpital. J'ai pensé à Marc, à mes mains sur son visage, j'ai pensé à ces mots qu'il faudrait trouver, pour nommer l'indicible[2],

1. **Institution spécialisée :** établissement pour personnes souffrant de troubles psychologiques.
2. **Indicible :** ce qu'on ne peut pas dire.

l'irrecevable[1], pour dire, sous mes doigts hésitants, les lèvres soyeuses de Marc.

Dans le secret de mon salon, nous avions vécu la douceur, le trouble, l'impalpable. Nous avions vécu une rencontre qui échappe à l'entendement, un amour déchiré, fragmentaire, un amour qui ne ressemble à nul autre : intouchable.

Mais, en face de vous, j'ai su tout de suite que nous n'avions aucune chance.

J'essaie de raconter Marc tel qu'il m'est apparu, et cette constance ensuite avec laquelle il est venu, chaque jour ou presque, fidèle à ses horaires et à ses habitudes. Mais quand je suis assise de l'autre côté de votre bureau les récits les plus simples m'apparaissent laborieux, les faits se brouillent, s'obscurcissent, et leur sens même finit par m'échapper. Je vous raconte Marc parce qu'il le faut, cela fait partie de la règle du jeu. Je n'ai pas d'animosité[2] particulière à votre égard, j'éprouve même, à la longue, une certaine affection pour vous, mais je dois

1. **Irrecevable :** ce qui n'est pas acceptable.
2. **Animosité :** malveillance, agressivité.

avouer que je supporte mal votre perplexité[1] – pour ne pas dire votre suspicion[2] – lorsque je vous parle de Marc. Vous commencez souvent vos phrases par : « Ne croyez-vous pas... ? » ou « Êtes-vous si sûre que... », autant de pièges à peine camouflés tendus sous mes pieds. Vous m'appelez Emma et cherchez à installer entre nous une entente cordiale à laquelle j'aurais voulu résister.

Vous tentez depuis plusieurs semaines de me faire renoncer à ma version des faits. Je sais comment les choses se sont passées et je suis seule pour en témoigner.

Je n'ai pas le droit de regarder la télévision, ni de lire des magazines. Les livres oui, mais pas n'importe lesquels. Mon frère Martin téléphone à l'hôpital pour savoir si tel ou tel titre entre bien dans la catégorie des *autorisés*. Je n'ai pas tardé à repérer les critères de sélection. Sont proscrits : les romans à l'eau de rose, les contes, les biographies de personnes célèbres, et, d'une manière générale, toutes les histoires

1. **Perplexité :** incompréhension.
2. **Suspicion :** méfiance.

où il est question de sentiments amoureux. Bannies les impératrices, les belles du seigneur et les bicyclettes bleues[1]. Autant dire qu'il ne reste rien.

Martin vient me voir presque tous les jours avec ce vent du dehors qui emmêle ses cheveux, Martin me parle de mes amis, me donne des nouvelles de mon chat, me rappelle qu'il n'y a pas si longtemps j'étais une personne normale, capable de rire bêtement, de faire ses courses et de danser toute la nuit, une fille de vingt-six ans qui aimait les gens et les jupes à fleurs.

Déjà quand nous étions enfants Martin était ma consolation, mon réconfort. Déjà Martin savait dire l'après, et la félicité[2] de nous tenir là. Côte à côte.

---

1. **Les impératrices, les belles du seigneur, les bicyclettes bleues :** références à des héroïnes romanesques célèbres (en particulier Élisabeth d'Autriche, dite Sissi, dans les films du même nom, Ariane dans le roman *Belle du Seigneur* d'Albert Cohen et Léa dans le cycle romanesque *La Bicyclette bleue*, de Régine Deforges).
2. **Félicité :** bonheur total.

Vous aimeriez savoir où nous allions à l'école, ce que nous faisions le mercredi, si nous dînions en famille, si nous avions la télévision. Vous aimeriez savoir si j'étais amoureuse, si j'avais des amis, si je jouais au papa et à la maman, si je me déguisais en princesse ou en fée carabosse. Vous voudriez que je cherche dans l'enfance la faille où Marc a creusé son lit[1]. Vous voudriez que je cherche, au-delà du vide.

J'aimerais pouvoir vous raconter des jeux, des bêtises, citer les noms de mes institutrices. J'aimerais pouvoir décrire une chambre, des posters sur les murs, et le chemin de l'école. Au lieu de ça, je vous ai parlé de mon appareil dentaire parce que je garde, comme si c'était hier, la sensation du fer dans la bouche. Je vous ai raconté mes genoux écorchés parce que je me souviens, sous le doigt, de la douceur du sang séché. Je vous ai raconté que nous descendions chez la voisine du dessous, chaque soir après l'école, pour voir *Les Mondes engloutis*[2]. De l'enfance il reste peu d'images. Les seules qui me reviennent, avec une étrange précision,

1. **A creusé son lit :** s'est installé.

2. ***Les Mondes engloutis* :** dessin animé français des années 1980.

sont celles de ce dessin animé. Je me souviens de Spartacus[1], de sa cape beige, de ses bottes et de son pantalon blanc. Ses cheveux noirs, ses muscles saillants et sa peau mate. Je me souviens de la couleur de l'eau, de la terre aride et des grottes souterraines.

Mon père et ma mère aiment raconter la petite fille que j'étais, solitaire et contemplative[2]. Ils aiment raconter comme je travaillais bien à l'école, comme j'étais sage à la maison, mon goût pour les livres et mes robes immaculées. Mes nuits sans sommeil à la veille des rentrées des classes. Ils se souviennent des bulletins scolaires, des angines de l'hiver, des spectacles de fin d'année. Ils se souviennent des vacances en Lozère[3], des Noël en famille et des randonnées en Pataugas[4].

De l'enfant mort, ils ne disent rien. De l'enfant mort ils ont gardé les photos sous clé. Un

1. **Spartacus (ou Spartakus) :** « l'homme-tambour », personnage du dessin animé *Les Mondes engloutis*.
2. **Contemplative :** rêveuse.
3. **Lozère :** département du sud de la France (région Languedoc-Roussillon).
4. **Pataugas :** marque de chaussures (de marche, à l'origine).

soir de novembre, le directeur de la pension a téléphoné. Ils sont montés dans la voiture, par la fenêtre j'ai suivi la lumière jaune des phares qui s'éloignait. Plus tard ils ont rangé les affaires dans des cartons, ôté les draps du lit bleu, fermé la chambre, ils ont dit que Nathalie ne reviendrait plus. J'ai regardé Martin, ses petites mains posées sur la table, ses cheveux indociles[1], ses lèvres qui tremblaient.

Alors il m'a semblé que je n'avais rien de plus précieux, rien de plus fragile que ce petit frère. Rien de plus vivant. Alors il m'a semblé qu'un voile noir s'était posé sur nous, un voile de honte et d'interdit. Ils ne savaient pas. Combien le silence pèse, et qu'il ronge les familles, par petits bouts.

Nous travaillons ensemble à partir d'un récit qui m'échappe à mesure qu'il s'élabore. Nous travaillons ensemble pour que je puisse rentrer chez moi. Martin me l'a dit. Que tout avait brûlé. Qu'il ne restait que la petite table en marbre. Et qu'il avait dû tout jeter, par sacs poubelles de cent litres, des sacs remplis des

1. **Indociles :** rebelles.

vestiges de mon existence *réelle*. Pas grand-chose en fait. Des livres, des journaux, le tapis en acrylique du salon, ou plutôt ce qu'il en restait, et puis des lettres sans doute, mais je m'en fous pas mal des lettres puisque Marc ne m'a jamais écrit. Martin a nettoyé. Le feu, je ne m'en souviens pas. Mais l'odeur me suit. L'odeur est encore là, la nuit comme le jour, âcre[1] dans la gorge.

Vous m'expliquez avec douceur que je dois me réapproprier ma vie d'avant. Selon vous je fais preuve d'une incapacité profonde à appréhender la réalité. Entre la réalité et le fantasme, il existe semble-t-il une frontière tangible[2] qui m'échappe et que vous maîtrisez. Lorsque je suis assise en face de vous, j'aperçois dans vos yeux une vérité qui m'est étrangère. Je regarde les murs, leur couleur triste et sale, je cherche autour de moi une issue dérobée qui me permettrait d'échapper une fois pour toutes à la réalité effective des choses.

1. **Âcre :** irritant.
2. **Tangible :** qu'on peut toucher, perceptible.

Quand je l'ai rencontré, Marc était sur le point de quitter sa femme. Marc ne m'a rien caché. Il portait son alliance et, durant ces quelques mois où nous nous sommes fréquentés, il ne l'a jamais retirée. Marc n'a jamais tenté de dissimuler quoi que ce soit. Je crois au contraire qu'il avait besoin d'en parler. Il est revenu à maintes reprises sur les différents épisodes de sa vie conjugale, comme s'il lui fallait en passer par là, dire et redire, pour avancer : comment il avait rencontré Betty dans cette station-service près de Chicago, sa surprise lorsqu'elle était montée dans sa voiture, ses jambes immenses sous le collant satiné, son vanity-case[1] argenté posé sur ses genoux, ses cheveux clairs et vaporeux, leur première nuit dans un motel désert. Marc n'omettait aucun détail. Il l'avait ramenée chez lui, ne sachant ni d'où elle venait ni comment elle s'était trouvée là, un soir d'hiver, installée sur son siège passager. Betty n'est jamais repartie. Il l'a épousée quelques mois plus tard, pour la douceur de sa nuque et les boucles blondes échappées de son

1. **Vanity-case :** mallette pour les produits de beauté.

chignon. Il l'a épousée car elle était la plus jolie femme qu'il avait rencontrée. L'idylle n'a pas duré. Marc n'a pas tardé à découvrir que Betty couchait avec Alex, son meilleur ami. Il a d'abord essayé de comprendre, s'est montré prêt à pardonner. Ils ont déménagé, Betty a cessé de voir Alex, mais selon ses propres mots Marc était blessé *dans son orgueil* et *dans son âme*. Marc allait quitter Betty. Sa décision était prise. Il lui fallait du temps pour être capable de se projeter dans un autre amour. Ce temps j'étais prête à le lui offrir, puisqu'il était là. Et son sourire. Et le son de sa voix.

Vous riez. Si. Je vous ai vu rire. Qui êtes-vous pour juger de l'intérêt de cette histoire, en souligner la médiocrité, qui êtes-vous pour mépriser les sentiments d'autrui ? La situation vous semble stéréotypée[1]. Les relations doivent sans doute être plus complexes, plus ambivalentes[2], pour mériter votre attention.

Mais la vie est comme ça, aussi douloureuse et aussi simple que ça.

---

1. **Stéréotypée :** semblable à beaucoup d'autres, banale.
2. **Ambivalentes :** ambiguës.

Je n'ai pas été dupe de Marc. Je sais, avec le recul, qu'il était sincère. Il ne m'a jamais menti. Il croyait qu'il aurait la force.

Selon vous la vraie question n'est pas de savoir si, au moment où je l'ai vu pour la première fois, Marc était prêt ou non à quitter sa femme. Vous m'invitez à m'interroger sur d'autres aspects de ce que vous rechignez[1] par ailleurs à appeler notre *relation*. Vous cherchez la faille. Je le vois à votre façon de triturer votre stylo, aux rides qui apparaissent sur votre front quand vous réfléchissez. Vous soulignez mes hésitations et vous plaisez à débusquer mes contradictions. Je me demande parfois combien de corps ont caressé vos mains. Pardonnez-moi. Vous avez l'air de quelqu'un qui ne connaît rien à la chair ni au vertige.

Je me suis souvent demandé s'il était possible de dire son désir à un homme. Si cela pouvait faire partie des règles du jeu. Est-ce qu'on peut dire à un homme (Marc dirait : *à brûle-pourpoint*[2]) : tu me plais. Ou bien faut-il attendre que l'homme vienne à soi,

---

1. **Rechignez :** faites avec mauvaise volonté.
2. **À brûle-pourpoint :** brusquement.

sans jamais aller au-devant de lui ? Avec Marc la question ne s'est pas posée. Avec Marc il n'était pas possible d'aller au-devant de quoi que ce fût. J'étais une spectatrice, envoûtée, fascinée, j'étais à lui bien avant d'envisager qu'il pût m'appartenir. Il existe dans le regard des hommes des atomes invisibles qui percutent ou caressent la peau. Et dans la lenteur de leurs gestes l'impatience du corps. Je sais que Marc m'a désirée dès la première fois. Les mots n'y pouvaient rien. Les mots lui permettaient de retarder le moment où nos mains se rencontreraient. J'ai attendu que Marc soit prêt. Puisqu'il était là.

Vous m'incitez souvent à revenir sur les premiers jours. Vous aimeriez me voir nommer l'imprudence, ce moment qui vous échappe où je me suis offerte à Marc : sans conditions. Je sais bien ce qui vous trouble. Ce n'est pas qu'une femme puisse accueillir un homme chez elle, un homme venu de nulle part, dont elle ne sait rien. Vous ne vous étonnez pas non plus que cette femme ait reçu chez elle cet homme plusieurs jours de suite sans prononcer un mot. Non. Vous voulez savoir comment j'en suis venue à parler à Marc, quelles ont été mes premières phrases.

Que j'aie parlé à Marc, c'est cela qui vous étonne.

Vous auriez sans doute préféré davantage de constance dans mon silence. Vous vous arrangeriez mieux d'un récit où je me montrerais moins consentante. Les premières fois où Marc est venu, je me suis lovée[1] dans le canapé, jambes repliées, offrant à son regard mes pieds nus et mes ongles vernis. Les premières fois où Marc est venu, je me suis contentée de l'écouter. Ne vous y trompez pas. Je n'ai pas pris de pose. Je me suis tenue à distance, prudente sans être farouche, je n'ai recherché ni le contact ni la connivence. S'il m'est arrivé de caresser mes genoux ou mes bras, s'il m'est arrivé de lui laisser entrevoir mes cuisses à la faveur d'un changement de position, cela n'était pas volontaire. Dans l'air confiné[2] de mon salon, j'ai cherché son odeur. J'ai regardé sa bouche et imaginé sa peau. Ma main sur sa peau.

1. **Lovée :** repliée sur elle-même, enroulée.

2. **Confiné :** non renouvelé, étouffant.

La quatrième ou la cinquième fois où Marc est venu, j'ai dit je suis contente que tu sois là. J'ai dit tu m'as manqué. Je me souviens du son de ma voix, rauque d'avoir été trop longtemps contenue, et cette peur que j'avais de lui déplaire. J'avais passé tout le week-end en pyjama, entre la couette et le canapé, à attendre le lundi que Marc revienne. Je n'étais pas descendue faire de courses. J'ai dit tu m'as manqué et ma voix tremblait. Marc n'a pas cillé. J'ai lu dans ses yeux l'émotion et la joie, l'attente et l'envie. Je dois dire, pour être honnête, que je m'étais maquillée plus que de coutume et, après plusieurs essayages, avais fini par enfiler un caraco de soie rouge et un pantalon taille basse particulièrement moulant. Perchée sur mes talons aiguilles, j'ai fait mine d'aller chercher à boire dans la cuisine, afin que Marc puisse me contempler de dos. J'ai marché doucement, ondulante sans ostentation[1], mes cheveux caressaient le bas de mes reins. Je suis revenue deux minutes plus tard, Marc n'avait pas bougé. Marc regardait au loin, tentant de dissimuler le trouble dans lequel je l'avais

1. **Ostentation :** volonté de s'afficher.

laissé. J'ai bu à petites gorgées, sans dire un mot. J'ai levé les yeux vers lui, il m'a semblé que Marc marmonnait quelque chose, et puis il s'est laissé tomber sur le fauteuil, les mains jointes au-dessous du menton comme pour une prière.

Alors j'ai pensé que ma vie n'aurait plus jamais de sens si elle devait être privée de cet homme, j'ai pensé que jamais plus je ne pourrais rire, ni parler, ni marcher, si cet homme devait me quitter.

Je ne me suis jamais étonnée que Marc ne vienne pas le week-end. Il lui fallait du temps et Betty ne devait rien savoir. C'était le genre de femme à amasser des preuves et à utiliser contre lui, le moment venu, les papiers froissés, les tickets de carte bleue, les relevés de compte ; tout ce qui lui tomberait sous la main. Elle, je l'ai vue plusieurs fois. Et comme elle se suspendait à son cou, hissée sur la pointe de ses escarpins, son corps moulé dans des robes en stretch et ses poignets alourdis d'or. Ses bras maigres musclés aux haltères. Ses cils divisés en petits paquets sous les couches de

Rimmel[1]. Ses lèvres dégoulinantes de gloss. Et l'arrogance de son rire, comme si Marc lui appartenait, et avec lui tous les hommes de la terre. Elle, je l'ai vue plusieurs fois et je n'ai jamais pu l'aimer. Vous comprenez n'est-ce pas, je n'ai jamais pu ni la haïr, ni l'aimer.

Il est arrivé à Marc de s'alimenter chez moi. Sans doute parce qu'en raison d'un emploi du temps très tendu il n'avait pu le faire avant de venir. Je n'ai jamais pu prévoir dans quelle disposition ni avec quelles intentions Marc se présenterait. Je me suis adaptée sans mot dire à l'imprévisibilité de ses exigences et de ses comportements. J'ai regardé Marc manger. Dans cet exercice comme dans toute chose, Marc se distinguait. Marc mastiquait longtemps sans qu'aucun aliment semblât séjourner dans sa bouche. Dois-je vous préciser que Marc parlait en mangeant ? Et pourtant Marc ne parlait pas la bouche pleine. Marc parvenait, par une opération parfaitement maîtrisée que je ne saurais reproduire, à mâcher, parler et

1. **Rimmel :** mascara.

déglutir[1] sans qu'aucun aliment fût rendu visible.

Même quand il avait l'air de s'adresser à quelqu'un d'autre, Marc me parlait à moi. Il restait souvent debout, devant la bibliothèque, ou arpentait le salon en faisant les cent pas.

Marc occupait mon espace. Marc était le temps arrêté, suspendu, Marc était ma douceur, ma plénitude. Marc était là comme une icône, Marc se donnait à voir et à aimer.

Vous aimeriez savoir. Ce que je disais à Marc, ce que je faisais avec Marc, ce que je faisais sans Marc, vous réclamez des détails, des dates, des exemples. Je pose mes mains sur mes genoux, bien à plat, et parfois j'entends la musique de Marc. J'ai mal à la tête. Je préférerais parler de vous. De cette tache brune sur votre tempe, de la couleur de vos chemises, de l'heure à laquelle sonne votre réveil, de la marque de votre eau de toilette. Je préférerais être chez moi, comme avant, quand j'attendais Marc.

1. **Déglutir :** avaler.

Dans la pénombre. Ici les fenêtres n'ont pas de rideaux. Dans votre bureau la lumière s'étale sur le sol comme une flaque blanche et lorsque je demande qu'on baisse le store vous me répondez qu'on ne peut vivre comme ça, dans l'obscurité. Il faut de la lumière, dites-vous, pour y voir clair. Moi je voudrais mettre mes mains sur mes yeux, sur mes oreilles aussi, et ne plus rien voir ne plus rien entendre de ce qui vient du dehors, je voudrais rester au-dedans de moi-même, qu'on me laisse dans le souvenir de Marc, qu'on me laisse garder Marc pour moi toute seule, qu'on me laisse avec ce cri au fond de la gorge, et tant pis si j'étouffe. À quoi bon dire et redire, à quoi bon chercher dans le souvenir des raisons d'en être arrivée là, car il vous faut des circonstances, mais je n'ai pas besoin d'excuses ni de pardon, j'ai besoin de Marc et il n'est plus là. Qu'on me laisse avec mes rêves si je ne sais pas vivre autrement. J'ai besoin d'être seule pour retrouver le sourire de Marc.

Je n'ai pas voulu frapper Marc, je n'ai pas voulu lui faire mal, je voulais juste qu'il se taise.

Je sais pourtant qu'il me faudra renoncer à *ma* vérité. Et qu'alors plus rien ne sera jamais semblable, ni mon visage dans le miroir, ni l'eau sur ma peau, ni mon corps étendu sous les draps, ni le bruit de mes pas sur le trottoir, quand je serai sortie d'ici, je sais que plus rien n'aura la même couleur. Mais je garderai dans la bouche le goût âcre du feu, et à l'intérieur des mains la suie[1] noire qui me souille tout entière.

Non Marc n'est jamais resté et c'est la preuve de quoi ? Marc est venu chaque jour, à de rares exceptions près, chaque jour pendant des mois, à la même heure, faisant preuve, faute de mieux, d'une extrême ponctualité. Non Marc n'est jamais resté plus d'une demi-heure. C'était peu, et c'était beaucoup. C'était peu et c'était toute ma vie. Je savais que ce temps était volé et que mon prénom ne figurait sur aucune page de son agenda. Qu'il rêvait comme moi d'heures alanguies[2], de nuits blanches, de dimanches enfermés. J'aimerais

1. **Suie :** poussière qui s'échappe dans la fumée après combustion, se dépose et laisse des traces noires.

2. **Alanguies :** sans énergie.

pouvoir vous dire qu'un jour Marc a oublié de repartir. J'aimerais pouvoir vous raconter ce jour où Marc s'est étendu sur mon lit et n'a pu se relever. J'aimerais pouvoir vous dire ce jour où nous sommes restés enlacés tout l'après-midi, dans la chaleur et la nudité des corps, ce jour où nous ne sentions plus nos membres, endoloris d'être restés serrés si longtemps. J'aimerais me souvenir du grain de sa peau dans la lumière du soir.

Mais Marc est toujours reparti.

Non Marc ne m'a jamais dit qu'il m'aimait, qu'il ne pouvait pas vivre sans moi. Faut-il toujours des mots pour nommer les sentiments ? Faut-il énoncer les choses pour qu'elles existent ? Marc ne m'a jamais rien promis, ni lendemain, ni lune de miel, ni amour éternel. Non Marc ne m'a jamais demandé explicitement de l'attendre. Marc était là, chaque jour, et cela suffisait. Que vous faut-il de plus ? Car je vois bien votre moue et vos sourcils froncés. Et ces notes que vous griffonnez d'un geste rapide sur votre carnet, quand je me contredis. Je sais bien ce que vous voudriez m'entendre dire. Cela vous arrangerait. Et pour seul alibi mon désenchantement. Je vous vois venir, car peu vous importent finalement les causes ou les circonstances. Quand je vous dis que Marc m'aimait, qu'il m'aimait d'une manière différente, singulière, vous réclamez des preuves. Des traces. Vous savez aussi bien que moi qu'il n'y en a pas. Marc n'a laissé ni lettre, ni message. Marc n'a parlé de moi à personne, et pour cause. Mais vous devriez savoir qu'on ne promet pas seulement avec les mots, que parfois la voix se fait plus profonde, plus grave, et qu'alors elle donne la force d'attendre, chaque jour.

J'aimerais que vous puissiez comprendre : attendre sans rien demander. Attendre un homme qui n'a rien promis.

Marc passait beaucoup de temps au téléphone. Il restait debout, immobile, évoquait ses préoccupations familiales ou conjugales, ses doutes et ses atermoiements[1]. Même en ma présence, Marc n'hésitait pas à livrer des détails sur sa relation avec Betty ni à résumer

1. **Atermoiements :** hésitations.

les épisodes précédents, s'assurant ainsi de la compréhension et de la compassion de son interlocuteur. J'avais pour ma part une connaissance suffisamment approfondie de la situation. Mais ma constance faisait ma force. D'humeur égale et hospitalière, j'ai laissé Marc vaquer à ses occupations.

Il lui arrivait aussi de recevoir des appels professionnels. Marc n'éteignait jamais son portable. Marc était disponible à tout moment pour ses clients, ses amis, ses relations. Marc était un avocat célèbre. Quand il était au téléphone, Marc m'échappait. Je m'asseyais et je regardais ses lèvres. Au creux de ses cuisses, les plis de son pantalon. Ses mains volubiles[1].

Je dois admettre que Marc n'a pas toujours fait grand cas de ma présence. Du moins en apparence. Les gens se défendent comme ils peuvent. Les gens sont capables de mettre en œuvre de subtiles stratégies d'évitement. Je crois que Marc avait peur de l'élan qui le projetait vers moi. Il lui fallait du temps. Au fond je n'avais besoin ni d'explications ni

1. **Volubiles :** qui s'expriment comme par la parole.

d'excuses. Il essayait de sauver son mariage. Mais, malgré ses principes et ses sentences moralisatrices, Marc était déjà ailleurs. Chez moi. Chaque jour. À dix-sept heures.

Je ne sais plus très bien quand Marc s'est mis à boire. Au début je n'y ai pas prêté attention. Marc se servait un verre de whisky, puis un deuxième, puis un autre encore avant de repartir. Pourtant je n'ai jamais senti en approchant ses lèvres l'odeur de l'alcool. Je n'ai jamais vu la sueur perler sur son front. Marc ne s'est jamais montré agressif, ni vulgaire, Marc n'est jamais reparti ivre. Si j'y réfléchis, je crois que Marc s'est mis à boire quand Betty a commencé à se montrer plus pressante pour faire un enfant. Je me souviens de son geste rapide, pour attraper la bouteille, tout en parlant de ses affaires ou de ses rendez-vous, et cette façon qu'il avait de porter le verre à sa bouche, sans le regarder. Il buvait à courtes gorgées, sans cesser de parler, se resservait sans même s'en rendre compte. Marc était trop jeune et trop beau pour que l'on puisse deviner l'alcool sur son visage. Marc restait frais et rasé de près. Je n'ai jamais fait la moindre réflexion à Marc au sujet de l'alcool.

Je sais combien le corps a parfois besoin de chaleur.

Je suis toujours passée à côté des hommes. Je les ai aimés trop tôt, trop vite, ou trop tard. J'ai toujours accordé une grande importance à leur regard, à leurs épaules, à la forme de leurs fesses, au grain de leur peau. J'ai aimé les hommes d'abord pour leur visage, leur silhouette ou leur démarche. Je ne me suis jamais trompée. Je veux dire que lorsque l'heure est venue de se raconter, de s'écrire, je n'ai jamais été déçue. Les mots venaient après la peau. J'ai toujours su choisir les hommes, au premier coup d'œil, les deviner, les débusquer. Ce sont les hommes qui m'ont quittée. Les hommes m'ont quittée parce que j'en demandais trop, ou pas assez. Parce que je ne savais pas dissimuler le trouble, ni la fragilité, ou parce qu'au contraire je me tenais trop loin d'eux. Les hommes m'ont quittée parce que j'avais peur de les perdre ou parce que je m'en foutais. Les hommes ne m'ont jamais laissé le temps.

Avec Marc j'ai cru que cela serait différent. Avec Marc j'ai cru qu'il suffisait d'attendre. D'être là. Je l'ai laissé imposer son rythme, son horaire, son mystère. Marc venait avec sa musique, ses monologues et ses sentiments inavouables. J'ai voulu Marc. Je l'ai voulu plus que tout. Je sais que cela n'a pas de sens à vos yeux. J'ai du mal à croire en vous regardant que votre sexe puisse se tendre et votre cœur battre à vous faire souffrir. Les yeux grands ouverts j'ai rêvé des heures entières que je marchais dans la rue avec Marc. Son bras enserrant ma taille, mon pas calqué sur le sien. J'avais soif d'extérieur. J'avais besoin d'être dehors avec Marc, dans le regard des autres. J'avais besoin de son bras autour de mon cou, de sa main dans la mienne. J'ai longtemps cru que Marc m'attendrait un jour au pied de mon immeuble, à la sortie du métro, qu'il surgirait au détour d'une rue. J'ai longtemps guetté le pas de Marc derrière moi, ses mains sur mes yeux, son souffle dans mon cou. Je voulais être avec lui dans la morsure du froid et puis aux terrasses des cafés. J'ai imaginé Marc devant ma porte, un soir, la tête entre les mains. J'ai imaginé Marc frappant au milieu de la nuit, l'urgence de nos baisers. Je n'ai jamais passé de nuit avec Marc. J'aurais pu caresser son corps pendant des heures. J'aurais pu veiller à ses côtés. Je sais que cela vous semble stupide. Vous ignorez sans doute qu'à désirer si fort les choses, elles finissent parfois par arriver.

Comment avez-vous aimé ? N'avez-vous jamais regardé une femme, avec insistance, pour qu'elle vous regarde aussi ? N'avez-vous jamais suivi une femme dans la rue, en espérant qu'elle se retourne ou qu'elle s'arrête ? N'avez-vous jamais rêvé de rencontrer une femme en achetant un pyjama, en descendant votre poubelle, ou au fond d'un bar désert ? N'avez-vous jamais désiré une histoire comme on en voit dans les films, cette facilité, cette évidence ? N'avez-vous jamais cherché à lire le hasard, à détourner les coïncidences ? N'avez-vous jamais imaginé des retrouvailles fortuites[1], des dialogues spirituels[2], et la violence du désir ?

Alors c'est que vous ne croyez à rien.

1. **Fortuites :** dues au hasard.
2. **Spirituels :** pleins d'esprit.

Je ne sais pas parler d'elle. Je n'ai rien à en dire. Betty était la femme de Marc un point c'est tout. Si j'ai eu connaissance de ses faits et gestes, ainsi que de certains détails de son intimité, c'est que Marc l'a bien voulu. Je n'ai jamais interrogé Marc à son sujet. Je n'ai jamais demandé à Marc si elle travaillait, quel parfum elle portait, ni où elle achetait ses vêtements. Je n'ai jamais interrogé Marc sur leur vie commune. Je n'ai pas cherché à savoir où ils vivaient, ni dans quels restaurants ils dînaient. Je n'ai jamais demandé à Marc où ils faisaient leurs courses, ni s'ils partaient en week-end.

Pourtant je sais tout ça.

Oui, il m'est arrivé de les voir, je ne peux pas le nier. Oui, il m'est arrivé d'assister à leur insu à des scènes entre elle et lui. De la voir caresser son dos, prendre sa main, embrasser ses lèvres, de la voir pendue à son bras ou à son cou. Oui je les ai vus cette nuit où ils ont fêté leur anniversaire de mariage dans une boîte à la mode. Cette tenue ridicule qu'elle portait, étincelante de vulgarité, et je ne parle pas des heures qu'elle avait dû passer chez le coiffeur pour faire tenir pareil monticule[1] sur le haut de son crâne. Je ne parle pas non plus des bagues trop nombreuses à ses doigts, ni de son maquillage outrancier[2]. Je les ai vus boire, et danser, et rire aussi. Et autour d'eux ces amis choisis pour fêter l'occasion, capables comme eux de jouer la comédie, de lever leur verre et de faire semblant d'y croire. Oui je les ai vus aussi ce soir de novembre où ils se sont disputés devant la baie vitrée, et la violence de Marc quand il lui a jeté les lettres d'Alex au visage.

Je vois bien où vous voulez en venir. Je n'ai rien à cacher. Je n'ai jamais provoqué ces situations. Je ne les ai jamais suivis. Quoi que vous puissiez en conclure, je reste convaincue que ces intrusions dans leur vie privée ont eu lieu parce que Marc le souhaitait.

À partir de décembre, je ne suis plus sortie. Cette décision vous semble sans doute démesurée au regard des causes qui l'ont motivée. Je n'ai jamais eu le sens des proportions. J'avais peur de rater Marc. Je n'avais rien d'autre

---

1. **Monticule :** petit mont.
2. **Outrancier :** excessif, vulgaire.

à perdre que lui. Et puisque Marc n'était visible que chez moi, dans l'intimité de mon salon, puisque Marc n'avait rien d'autre à m'offrir que ces rencontres minutées et programmées, je pouvais aussi bien rester là, patiente et immobile, dans l'attente de sa voix.

Les premiers jours, j'ai été tentée de descendre pour acheter une baguette ou me dégourdir les jambes. Mais Marc se méritait. Marc valait bien quelques sacrifices. Il n'est pas si douloureux de s'extraire de la vie du dehors. Au bout d'une semaine ou deux, on s'habitue. La rue, la foule, le bruit ne sont que divertissement. La proximité des corps nous aide à croire que nous ne sommes pas seuls. L'illusion se paye en tickets de caisse et en coupons de carte orange. Mais l'illusion avait assez duré. Je n'avais plus besoin d'aller et venir. Je n'avais plus besoin de tuer le temps sous mes pas pressés. Je n'avais plus besoin d'être dans le regard des autres, ni dans les rayons des supermarchés. J'avais besoin de Marc.

J'ai appelé l'épicier en bas de chez moi et j'ai fait une première liste. J'ai dit que j'étais malade. J'ai tiré les rideaux. Dans ma chambre, j'ai étalé sur le sol l'ensemble de ma garderobe. J'ai fait couler un bain brûlant dans ma baignoire sabot. Je me suis allongée sur le lit et j'ai pensé à Marc, à tout ce temps que j'allais pouvoir lui consacrer.

À partir de ce jour je n'ai plus rien fait d'autre qu'attendre Marc. Pour lui, j'ai versé dans mon bain des huiles parfumées, me suis habillée, coiffée, maquillée, j'ai peint mes ongles chaque jour d'une couleur différente. Pour lui j'ai passé l'aspirateur, lavé les verres, choisi l'odeur entêtante[1] des encens. J'ai gardé les rideaux fermés pour que ces moments n'appartiennent qu'à nous, pour que rien, aucune lumière, aucun reflet, ne puisse nous distraire de nos retrouvailles. Lascive[2], j'ai attendu Marc.

Je n'ai pas cherché à le retenir. Je ne lui ai jamais demandé de rester. Je ne me suis jamais accrochée à ses vêtements, n'ai jamais pleuré, ni fermé la porte à clé. Marc disparaissait comme il était venu. Marc me laissait ses gestes, sa voix, son regard, Marc me laissait son sourire et le souvenir des mots qui avaient

1. **Entêtante :** qui monte à la tête, qui étourdit.
2. **Lascive :** prête au plaisir.

été dits. Je restais avec lui, capable de rejouer en boucle les instants qui avaient précédé, de diluer ses paroles à l'infini, prolonger dans la langueur des fins d'après-midi ses silences ou ses soupirs. Je gardais au fond de moi cet espoir insensé qu'un jour Marc s'endormirait dans mes bras.

J'aimerais pouvoir vous dire ses mains dans mes cheveux, son souffle entre mes cuisses, son empressement à toucher ma peau. J'aimerais pouvoir vous dire le regard de Marc quand je laissais tomber mes robes de soie sur mes pieds nus.

J'aimerais pouvoir vous dire Marc à l'intérieur de moi. Son visage dans la jouissance. Ses doigts traçant les courbes de mon corps, ses lèvres sur ma nuque, et son rire après l'amour.

Non Marc ne m'a jamais touchée et c'est la preuve de quoi ?

Je suis fatiguée de raconter Marc et le reste aussi. J'ai admis devant vous mes défaites et mes regrets, déposé sur votre bureau quelques aveux douloureux. Vous y voyez un signe avant-coureur de mon renoncement. Vous vous adressez à moi avec davantage de tendresse et parfois il me semble déceler[1] dans votre voix les accents de la compassion[2]. Vous vous inquiétez de savoir si j'ai bien dormi, posez votre main sur mon épaule quand je sors de votre bureau. Mais nous n'avons pas fini. Nous sommes loin du compte, n'est-ce pas ? L'essentiel reste à dire.

Du bout des lèvres vous me demandez s'il m'est arrivé de toucher Marc. Oui. Au bout d'un mois ou deux. Je ne sais plus. Marc se tenait généralement loin de moi, de telle sorte qu'il apparaissait à peu près aux trois quarts dans mon champ de vision. Parfois Marc s'approchait, sans que j'aie pu percevoir son mouvement, et il me semblait, dans cette soudaine proximité, que Marc ne possédait plus de corps. Ce rapprochement correspondait généralement à des moments de tension dramatique[3] ou d'introspection[4], suffisamment

1. **Déceler :** détecter.
2. **Compassion :** pitié.
3. **Tension dramatique :** suspense.
4. **Introspection :** interrogation, réflexion d'une personne sur elle-même.

intenses pour dissuader de ma part toute tentative d'ordre tactile[1].

Quand j'y pense aujourd'hui il me semble que Marc s'est toujours donné à voir mais jamais à toucher. D'emblée, par sa distance ou son indisponibilité, Marc a situé notre relation hors de tout commerce sexuel, quelle que fût la frustration que j'aie pu en concevoir. Pourtant je n'ai pu m'empêcher de poser les mains sur Marc. Marc m'a pardonné ces écarts. Marc, par délicatesse ou par pudeur, a toujours fait mine de ne pas le remarquer. Il ne m'a jamais repoussée. Je me souviens de mes mains brûlantes sur les vêtements de Marc, et cette sensation étrange sous mes doigts : électrique. Je me souviens que souvent Marc continuait à parler.

Non, sous mes mains expertes, Marc n'a jamais faibli. Non Marc n'a jamais défait les boutons de sa chemise ni baissé son pantalon. Non je n'ai jamais pu deviner un quelconque signe de plaisir sur son visage. Marc n'a jamais émis aucun soupir ni d'ailleurs aucun son qui

1. **Tactile :** qui concerne le toucher.

ressemblât à la manifestation d'une jouissance. Il avait des principes. Je sais que cela peut sembler démodé.

Vous ne dites rien mais je perçois votre infinie désapprobation[1]. Vous me reprochez d'avoir enfreint des règles que Marc n'a jamais énoncées. Je sais que vous n'avez rien dit. Il suffit de vous regarder. Vous aimez laisser peser ce silence incrédule[2] qui m'oblige à commenter vos doutes. Vous aimez m'entendre répondre aux questions que vous n'avez pas posées.

Je n'ai pas forcé Marc. S'il avait désapprouvé ces gestes, Marc ne serait pas revenu.

Vous aimeriez savoir pourquoi j'ai perdu mon travail avant de rencontrer Marc, pourquoi je n'ai pas revu Isabelle, pourquoi je n'ai jamais répondu aux appels de Martin, quand il a commencé à s'inquiéter. Vous aimeriez savoir pourquoi je n'ai jamais parlé de Marc à personne, d'où vient mon goût pour l'obscurité, et pour le vernis à ongles. Vous aimeriez savoir à quoi ressemblait l'amour avec les autres hommes. Vous m'invitez à m'asseoir

1. **Désapprobation :** désaccord.
2. **Incrédule :** plein de doutes.

en face de vous, vous vous approchez de moi, l'œil interrogateur, inaugurez chacune de nos rencontres par un sourire expectatif[1] qui trahit malgré vous votre impatience. Vous approchez du but, vous le savez. J'ai perdu en route l'aplomb[2] qui me permettait de soutenir votre regard. Par la fenêtre, j'observe le gravillon des allées, la couleur des feuilles, la forme étrange des nuages. J'escalade les murs et je grimpe aux arbres.

Bientôt nous serons parvenus au bout de l'histoire, là où plus rien ne peut être dit. Bientôt nous n'aurons plus rien d'autre à contempler que ce paysage désolé, cette vie sans fable que je dois me réapproprier.

Le jour venu, saurez-vous me tendre la main ?

Je vous ai raconté tout ce que je savais d'eux, l'incapacité de Marc à se détacher de Betty, l'emprise de sa famille à lui, l'impensable déshonneur qu'eût représenté un divorce, et puis la mort de son père, quelques mois après

1. **Expectatif :** qui attend.
2. **Aplomb :** confiance, assurance.

notre rencontre, scellant à tout jamais l'interdit. L'errance[1] de Marc et son goût de plus en plus prononcé pour l'alcool. Je vous ai raconté tout cela, malgré votre sourire incrédule chaque fois que j'en viens à évoquer les obstacles qui se sont dressés sur notre route.

J'ai parlé de Marc à Martin quand il s'est inquiété de ne plus me voir sortir. Il me harcelait au téléphone et menaçait de venir me chercher. Je ne suis pas entrée dans les détails. J'ai seulement dit à Martin que j'avais rencontré Marc chez Isabelle et qu'il venait chez moi chaque jour. Je voulais l'attendre et ne rien faire d'autre. Martin m'a fait répéter plusieurs fois son nom, comme si cette information à elle seule ouvrait un abîme sous ses pieds. Martin m'a demandé si je plaisantais. J'ai déconseillé à Martin de tenter quoi que ce soit pour me faire sortir. J'aimais Marc au-delà de tout ce qu'il pouvait imaginer. J'ai demandé à Martin d'être avec moi, comme il l'avait toujours été. Mais Martin avait du mal à imaginer Mark

1. **Errance :** action de marcher sans but particulier.

Stevenson dans mon salon. À croire que Martin n'avait jamais lu *Cendrillon*.

D'emblée, ma rencontre avec Marc s'est située hors de toute narration. Je sais maintenant qu'elle aurait dû rester ainsi, entre lui et moi, et qu'alors les choses eussent été plus simples.

Je n'ai jamais guetté Marc et pourtant je l'ai vu souvent arriver au volant de sa Lamborghini[1]. J'adorais la manière dont il claquait la portière, ce coup d'œil maternel qu'il jetait derrière lui lorsqu'il s'éloignait. Marc aimait les belles voitures, les mets délicats, le bon vin et les étoffes soyeuses. Marc aimait les signes extérieurs de richesse. Il portait une chevalière en or et des vêtements de marque. Je ne me suis jamais intéressée aux voitures et suis incapable de distinguer une berline d'un coupé. J'ai su que Marc roulait en Lamborghini car il y a fait allusion à plusieurs reprises, lors des nombreux appels téléphoniques qu'il recevait dans mon salon. De la même manière, j'ai appris que Marc possédait différents biens

1. **Lamborghini :** voiture de sport italienne de luxe.

immobiliers aux quatre coins des États-Unis, ainsi qu'une maison avec piscine sur Beverly Hills. Il est impossible, même avec la meilleure volonté, de ne pas entendre des propos tenus à moins de deux mètres de soi. Il m'arrivait de profiter des coups de fil de Marc pour aller chercher un pull ou un verre d'eau. Mais le temps nous était compté et je savais que chaque minute perdue ne serait pas reportée. Je me suis montrée aussi discrète que je pouvais l'être, m'interdisant par exemple tout commentaire sur la nature ou la durée de ses conversations téléphoniques. Je n'ai jamais cherché à m'immiscer[1] dans la vie de Marc. Nous avions un périmètre commun, délimité dans le temps comme dans l'espace et, jusqu'à un certain point, je me suis contentée de ce qui m'était offert. Les premières semaines, lorsque je sortais encore, il m'est arrivé de tomber sur des photos de Marc en feuilletant des magazines. Marc marchant dans la rue dissimulé derrière des lunettes noires, Marc au milieu d'un cocktail mondain, un verre à la main, Marc en survêtement Adidas

1. **M'immiscer :** me glisser sans autorisation.

accompagné d'un chien, Marc venu féliciter ses amis à la première d'une superproduction américaine. Je n'ai pas conservé ces photos. À partir de décembre, j'ai cessé de sortir et n'ai plus été confrontée à l'image publique de Marc.

Je me souviens qu'entre les mains des hommes j'ai souvent douté de leur présence. Comme les autres vous savez faire semblant – semblant d'être là, d'écouter, de dire – mais vous ignorez le sacrifice. Pour Marc j'aurais tout donné. Même quand j'ai commencé à lui parler alors qu'il n'était pas là, je n'ai pas eu peur. À vrai dire je n'ai jamais très bien perçu la limite entre sa présence et son absence. Marc apparaissait puis Marc s'évaporait. Un jour j'ai continué à parler à Marc après son départ, et puis tard dans la nuit. Lorsque je me suis levée le lendemain Marc était toujours là. Marc se diffusait dans mes veines, Marc irradiait chaque parcelle de mon appartement, Marc était partout, par diffraction[1], par contagion[2], Marc m'habitait comme un courant continu.

1. **Diffraction :** déviation de la trajectoire des ondes.
2. **Contagion :** transmission par imitation ou par contact (d'une maladie, en particulier).

Au début ce n'était qu'un jeu. Une manière de poursuivre, de maintenir le lien, de combler le vide laissé par son départ. Et puis j'ai oublié que Marc vivait ailleurs. Marc était là. Je le connaissais suffisamment pour imaginer ses réponses, ses gestes, et dans l'obscurité l'assurance de sa démarche. Je le connaissais suffisamment pour savoir quels mets lui préparer pour le dîner. Je mettais le couvert pour deux. J'allumais les bougies. Vous avez du mal à croire qu'on puisse aller jusque-là. J'ai commandé pour Marc une brosse à dents verte. Des rasoirs triple lame.

Non je n'ai pas eu peur et c'est sans doute ce qui vous étonne, qu'on se laisse emporter aussi loin, là où plus rien ne vous retient ni ne vous empêche, là où tout est permis.

Vous ignorez sans doute qu'il faut perdre pied pour être dans la douceur du songe, sans entrave[1], vendre son âme et sa raison, mais ce n'est pas cher payé, croyez-moi, si je vous disais la légèreté du corps, offert et vulnérable,

1. **Entrave :** obstacle.

et le bonheur de fermer les yeux, quand Marc était près de moi. J'ai peur que vous ne puissiez comprendre, cette fragilité extrême, cette fragilité délicieuse qui me rendait la vie.

Quand je vous regarde je me demande de quoi sont faits les hommes, de quelle matière. Il me semble si j'y réfléchis que votre chair possède des propriétés physiques qui mériteraient qu'on s'y attarde. Je parle de particularités thermiques[1], dynamiques[2], électrostatiques[3], je parle d'étanchéité et de résistance aux chocs. Vous ne voyez pas ce que je veux dire ? Vous êtes assis en face de moi, vous ne me quittez pas des yeux, si je tendais la main je pourrais vous toucher mais déjà votre corps se dérobe. Vous donnez à voir votre visage – miroir tendu au-dessus du vide – soulignez mes hésitations, désapprouvez mes raisonnements, vous m'accueillez chaque jour avec la même expression lisse et sans humeur. Permettez-moi de m'interroger sur votre corps dans tout ça, sous la blouse oui.

1. **Thermiques :** liées à la chaleur.
2. **Dynamiques :** liées au mouvement.
3. **Électrostatiques :** liées à l'électricité statique.

Votre corps échappe, votre corps apparaît comme une image inaccessible, désincarnée[1], et pourtant il est là. Parfois il me semble que rien ne bat sous vos vêtements, rien ne frémit, aucun désir, aucune douleur. Vous n'offrez au regard qu'une matière inerte[2] privée de souffle. Je ne cherche pas d'excuses. Je n'ai pas la prétention de vous prouver quoi que ce soit. J'essaie seulement de vous dire que la frontière entre la réalité et la fiction est plus ténue[3] que vous ne pouvez l'imaginer. J'essaie de vous dire qu'au-delà de la substance vous devriez chercher l'onde. N'est-ce pas ce qui nous lie ? L'onde invisible, impalpable[4], l'onde élective[5] ? J'oubliais qu'il vous faut voir pour croire. J'oubliais votre air narquois[6] quand j'évoque devant vous l'éloquence du silence ou la conversation des chaises.

1. **Désincarnée :** détachée de la réalité.
2. **Inerte :** immobile.
3. **Ténue :** étroite, à peine perceptible.
4. **Impalpable :** qu'on ne peut pas percevoir par le toucher.
5. **Élective :** qui choisit, qui sélectionne.
6. **Narquois :** moqueur.

Lequel est le plus vivant de nous deux, je vous le demande ? Qu'est-ce qui me prouve que vous existez en dehors de ce bureau quand je vous y retrouve chaque jour, à la même heure, dans la même position ? Qu'est-ce qui me prouve que vous n'êtes pas le fruit empoisonné d'une vulgaire illusion d'optique ?

Non Marc ne m'aimait pas. Voilà ce qu'il me faut admettre, au point où nous en sommes. Marc est venu chaque jour mais n'éprouvait à mon égard ni attirance ni sentiment. Je baisse les yeux pour ne pas avoir à soutenir votre regard. Je baisse les yeux pour ne pas arracher les vôtres, car je vous hais et je n'ai pas peur des mots, je vous hais de m'avoir emmenée malgré moi jusqu'à ce point de non-retour. Pardonnez ma violence comme je pardonne la vôtre, plus silencieuse. C'est donc là où il faut en venir, pour exister au sens où vous l'entendez, dans ce monde tangible qui se palpe et se mesure, où seuls comptent les actes et leurs causes. Je n'en veux pas. Je ne veux pas non plus de votre compassion, je ne veux pas de votre voix claire qui me tire vers une vérité sans douceur, je ne veux pas de votre lumière ni de votre aide. Pardonnez-moi.

Suis-je coupable d'avoir aimé un homme incapable de me caresser ? D'avoir aimé un homme incapable de me regarder ? N'avez-vous jamais négocié quelques arrangements avec la réalité ? N'avez-vous jamais traqué les gestes, les regards, pour justifier votre trouble ? N'avez-vous jamais cru entendre, en deçà des mots, la musique souterraine des sens cachés ?

C'est que vous n'avez pas aimé. L'amour se nourrit de miettes, de bribes[1], de soupirs, l'amour n'a pas besoin de déclaration ni de discours, l'amour n'a pas besoin de preuves, l'amour fait feu de tout bois et se gave d'illusions. Sinon il n'y aurait rien. Vous avez raison, parlons du leurre[2] puisque c'est de cela qu'il s'agit. J'ai cru que Marc m'aimait et je dois admettre que je me suis trompée. Marc cherchait seulement un endroit chaleureux où se reposer. Marc cherchait une terre d'asile où les questions lui seraient épargnées. Marc ne m'aimait pas. Marc n'avait pas besoin de mon amour.

---

1. **Bribes :** petits morceaux.
2. **Leurre :** appât, moyen d'attirer et de tromper.

Je n'ai jamais pensé, pas un seul instant, que Marc pût voir une autre femme. Je veux dire en dehors de Betty et moi. Je disposais d'une visibilité suffisante sur son emploi du temps pour exclure *a priori* toute suspicion de cet ordre. La situation me semblait suffisamment compliquée sans y ajouter de paramètre supplémentaire. Je n'y ai jamais pensé jusqu'à ce jour où Isabelle m'a appelée pour prendre de mes nouvelles. Isabelle, au cours de la conversation, a fait allusion au fait qu'elle avait vu Marc la veille. Elle trouvait que cela commençait à devenir lassant, ces tergiversations sans fin avec Betty et ces rebondissements ridicules auxquels on ne croyait plus. J'ai demandé à Isabelle si elle le voyait souvent. Elle a paru étonnée de la manière dont je formulais la question. J'ai répété est-ce que tu le vois souvent ? *Voir*, le verbe lui semblait peu approprié. Elle aurait plutôt utilisé *regarder*. J'ai pensé que, sous une apparente désinvolture, Isabelle accordait soudain beaucoup d'importance aux mots. Mais Isabelle a rapidement abandonné ses réflexions sémantiques[1]

1. **Sémantiques :** liées au sens des mots.

pour m'avouer que oui, elle *voyait* Marc presque tous les jours. Quand je lui ai demandé si Marc lui avait parlé de moi, Isabelle a éclaté de rire. J'ai raccroché. J'avais mal à la tête. Marc est arrivé quelques minutes plus tard. Il n'a pas eu le temps d'ouvrir la bouche. J'ai attrapé le moulage en bronze posé sur le guéridon[1] et je l'ai frappé au visage. Je me souviens du bruit assourdissant, et de mon corps à terre, mon corps lourd sous la fumée noire. Je voulais rester là, ne plus bouger, je voulais que Marc s'approche de moi, qu'il s'agenouille à mes côtés, me caresse les cheveux. Je voulais que Marc se penche sur moi et embrasse ma bouche.

Et alors tout serait pardonné, l'attente et le mensonge.

Mais Marc n'a pas bougé. Marc s'est évanoui, Marc a disparu dans un nuage de fumée noire, je ne reviendrai pas sur le bruit, car Marc lui-même serait à court de métaphores pour décrire l'ampleur de la déflagration[2].

---

1. **Guéridon :** petite table ronde.
2. **Déflagration :** explosion.

Non Marc n'est pas mort. Marc ne gardera de ma violence aucune cicatrice. Marc est indemne car Marc n'existe pas. Mais ce ne sont que des mots et j'aimerais pouvoir vous dire que seule compte la musique, et le silence aussi, j'aimerais pouvoir vous dire le regard de Marc, mais je n'ai plus la force.

Voilà donc où il nous fallait en venir, ensemble. Vous me regardez et je répète devant vous, distinguant chaque syllabe pour en décupler l'impact[1] : Marc n'existe pas. Marc n'a jamais existé. Nous avons mis tout ce temps pour en arriver là, je dis *nous* mais n'y voyez aucune intention de vous inclure dans une défaite qui vous est étrangère, je dis *nous* mais ce n'est qu'un artifice formel, car vous savez depuis longtemps que Marc n'est qu'un leurre. Je dis *nous* pour me sentir moins seule. Peu importe finalement ce que vous savez et ce que vous ignorez, peu importe votre incapacité à percevoir l'immatériel[2], votre inaptitude à la poésie. Et maintenant que j'ai dit ça, devant vous, *Marc n'existe*

1. **Impact :** effet, conséquence.
2. **Immatériel :** ce qui n'est pas constitué de matière.

pas, maintenant que ces mots tant redoutés sont sortis de ma bouche, je retrouve le vide immense, le vide insondable[1] d'avant Marc. Qu'avez-vous à m'offrir en échange de Marc, quel amour digne de votre assentiment[2], ancré dans la réalité des choses, quelle promesse d'un ailleurs ou d'un autre homme, quels lendemains ? J'ai perdu Marc et vous n'avez rien d'autre à offrir que le vertige.

Vous avez froid ? Je vous regarde et soudain vous me semblez si vulnérable. Vos yeux sont cernés et vos mains cherchent en vain un endroit où se poser. C'est étrange que cela me touche autant, cette fatigue sur votre visage. Non, vous ne criez pas victoire. Vous n'avez rien gagné. Vous partagez ma défaite. Vous savez ce qu'est l'amour et comme il nous habite, nous grandit, comme il nous brise et parfois nous laisse sans vie.

1. **Insondable :** dont on ne peut pas mesurer l'étendue, la profondeur.
2. **Assentiment :** approbation, accord.

Je me suis trompée, et je vous demande pardon, vous êtes un homme de chair, je le vois dans vos yeux, et ce chagrin de me laisser là.

Aujourd'hui je me suis habillée, coiffée, maquillée comme au temps de Marc, aujourd'hui j'ai mis du rouge à mes lèvres et du Rimmel sur mes cils. Aujourd'hui j'avais envie d'être jolie et de porter des talons, de laisser flotter derrière moi des effluves[1] de parfum, et percevoir, dans votre regard, une pointe d'étonnement. Aujourd'hui en descendant vous dire au revoir je suis passée devant la salle de télévision où les autres se retrouvent tous les après-midi, pour tuer le temps. J'ai entendu la musique de Marc, qui m'est encore si familière, je me suis approchée, j'ai glissé ma tête dans l'entrebâillement de la porte. Immobiles, dans un silence religieux, ils regardaient *Destins de braise*[2]. Je suis entrée dans la pièce, tout doucement. J'ai vu Marc. Marc était là. Marc n'avait pas changé

1. **Effluves :** odeurs, émanations.
2. ***Destins de braise* :** titre d'une série télévisée imaginaire.

et pourtant Marc m'a semblé différent. Il portait une chemise noire et son visage était aussi lisse qu'au premier jour. Marc était intact. Marc était beau. En gros plan, Marc souriait, derrière lui j'ai reconnu les rideaux rouges de sa chambre.

Alors je me suis approchée de l'écran, ignorant les cris et les protestations, je me suis agenouillée devant Marc et j'ai posé mes mains sur son visage, pour la dernière fois.

POUR APPROFONDIR

POUR APPROFONDIR

Clefs de lecture

Séquence 1 (p. 15, l. 1 – p. 24, l. 204)

Action et personnages

1. Qui sont les deux personnages principaux de ce récit ?
2. Comment sont-ils présentés physiquement ?
3. Combien de temps leur relation a-t-elle duré ?
4. Quelle autre relation est racontée à partir de la page 17 (l. 53) ? Comment s'est-elle terminée ?
5. Quels points communs peut-on trouver entre les deux femmes qui sont évoquées ?

Langue

6. Quelles remarques pouvez-vous faire sur les phrases utilisées par Marc, citées à la page 21 (l. 144-152) ?
7. Quelles réactions provoquent-elles chez la narratrice ? Comment doit-on comprendre « Pourquoi riez-vous ? » (p. 22, l. 153) ?
8. Comment la narratrice s'exprime-t-elle ? Faites des remarques précises sur la construction de ses phrases.

Écriture

9. Quels éléments font de cette rencontre un événement spécial ?
10. En vous appuyant sur vos premières impressions et sur les réponses aux questions précédentes, imaginez la trame de la suite de la nouvelle en une dizaine de lignes.

À retenir

La nouvelle nous met dès les premières lignes en contact avec le mystérieux personnage de Marc, qui exerce une fascination totale sur la narratrice. Celle-ci, venue aider une amie désespérée par une rupture amoureuse douloureuse, l'a vu dans un moment d'ennui et de vide. Leur rencontre, qui sonne comme une revanche pour une femme qui a eu longtemps du mal à supporter son physique, est cependant dès le départ marquée du sceau de la rupture.

Pour approfondir

Clefs de lecture

Séquence 2 (p. 24, l. 205 – p. 33, l. 408)

Action et personnages

1. Quelles sont les différentes caractéristiques de la relation qui unit la narratrice et Marc ? Citez-en au moins trois et justifiez votre réponse à l'aide de citations précises.
2. « J'ai frappé Marc » (p. 26, l. 242) : que peut-on imaginer de la fin de la relation ? Comparez ce passage avec le paragraphe commençant par « Nous travaillons ensemble » (p. 32, l. 381). Quelles précisions apporte-t-il ?
3. Qu'apprend-on dans le paragraphe qui commence par « J'ai pleuré » (p. 26, l. 252) ? Où se déroule, en particulier, ce récit ?
4. Qu'apprend-on sur l'enfance de la narratrice à partir de la page 30 ? Quels éléments peuvent avoir une influence sur la relation amoureuse qu'elle vit ? En quoi ?

Langue

5. Décomposez les mots « indicible » (p. 26, l. 261), « irrecevable » (p. 27, l. 262), « impalpable » (p. 27, l. 265), « intouchable » (p. 27, l. 269). Quels éléments les composent ? Que révèlent-ils ?
6. Dans le dernier paragraphe, quel mot est répété trois fois ? Pourquoi l'auteure a-t-elle fait ce choix ? À quels autres mots s'oppose-t-il ?

Genre ou thèmes

7. Que peut évoquer le prénom du principal personnage masculin ?
8. Faites une recherche pour trouver d'autres héroïnes de la littérature ou du cinéma dont le prénom est Emma. Quelle est la fin de leur histoire ?

À retenir

La relation si particulière entre Emma et Marc, dont on soupçonnait déjà l'issue dramatique, s'est conclue dans un incendie. Interrogée sur son enfance, la narratrice révèle des difficultés qui sont peut-être devenues des traumatismes et qui expliqueraient son impossibilité à percevoir les limites exactes entre réalité et fantasme.

Séquence 3 (p. 34, l. 409 – p. 42, l. 604)

Action et personnages

1. Comment le personnage de Betty est-il décrit ? Quel point commun peut-on lui trouver avec Marc ?
2. Qu'apprend-on dans cette description sur le cadre de vie de ces deux personnages ?
3. En quoi cela s'oppose-t-il aux informations qu'on avait au début de la nouvelle ?
4. Quelle est la raison de l'étonnement du médecin ? Pourquoi ?
5. À partir de quel moment Emma est-elle certaine que sa vie n'aura plus de sens si Marc la quitte ?
6. Marc parle-t-il à Emma ? Justifiez votre réponse.

Genre ou thèmes

7. Pour le médecin, la situation est « stéréotypée » (p. 35, l. 450). Cherchez la définition du nom « stéréotype » et indiquez ce qui, dans la relation d'Emma et Marc, paraît stéréotypé à ce stade.
8. Dans quelles œuvres (littérature, cinéma, télévision) avez-vous déjà rencontré ce type de relation ?

Écriture

9. Dans quel état d'esprit Emma peut-elle être au moment où elle s'adresse à Marc pour la première fois ? Rédigez un texte d'une quinzaine de lignes en deux paragraphes, qui décrive d'abord les préparatifs d'Emma, puis exprime ses angoisses, sa timidité, sa peur à l'idée de lui parler.

À retenir

L'apparition d'un nouveau personnage féminin semble créer une opposition entre l'univers d'Emma et celui de Marc. Le personnage de Betty introduit aussi une rivalité qui oblige la narratrice à changer d'attitude : outre les efforts qu'elle fait pour se mettre davantage en valeur physiquement, elle va devoir parler, ce qui provoque la surprise de son thérapeute.

Clefs de lecture

Séquence 4 (p. 42, l. 605 – p. 60, l. 1023)

Pour approfondir

Action et personnages

1. Qu'est-ce qui gêne la narratrice dans le lieu où elle se trouve quand elle parle à son médecin ? Justifiez votre réponse en relevant des éléments précis du texte page 43.
2. En quoi cet endroit s'oppose-t-il à son appartement ? Faites un relevé précis aux pages 43, 54 et 55.
3. Quelles ont été les étapes de l'isolement de la narratrice ?
4. Quelle caractéristique étonnante de la relation entre Marc et Emma apprend-on dans ce passage ?
5. Que se passe-t-il quand Emma essaie de toucher Marc ?

Langue

6. Observez le début des paragraphes et des phrases aux pages 44 et 45, 56 et 58. Que constatez-vous ?
7. Quels verbes sont les plus utilisés par la narratrice à ces mêmes pages et aux pages 56 et 59 ? Qu'expriment-ils ?
8. Quel sentiment s'exprime dans « c'est la preuve de quoi ? » (p. 44, l. 650-651) ?

Genre ou thèmes

9. Quels éléments nous permettent d'imaginer l'univers de Betty et celui d'Emma ?
10. En quoi les deux femmes s'opposent-elles ?

À retenir

Enfermée dans sa relation avec Marc, la narratrice perd peu à peu le contact avec la réalité en se cloîtrant dans son appartement pour attendre son amour, coupée des autres. On perçoit dans ses paroles le regret et la frustration liés à l'étonnante absence de contact physique entre les deux personnages, qui se voient pourtant tous les jours. La réaction de son médecin est passée de la surprise à la désapprobation.

Clefs de lecture

Séquence 5 (p. 60, l. 1024 – p. 76, l. 1354)

Action et personnages

1. Quelle est la réaction de l'entourage d'Emma quand elle parle de Marc ?
2. Qu'est-ce qui étonne le plus Martin lors de cette révélation ?
3. Qu'est-ce qui étonne le plus Isabelle ?
4. Quels sont les éléments des pages 62 à 64 qui prouvent que Marc est présenté comme une star ?
5. Faites si nécessaire une recherche sur *Cendrillon*. Quels points communs y a-t-il entre Emma et l'héroïne de ce conte ?

Langue

6. Quel champ lexical Emma emploie-t-elle pour expliquer « de quoi sont faits les hommes » (p. 66, l. 1153) ? Faites un relevé précis.
7. Quel mot est répété en fin de paragraphe (p. 67, l. 1180-1187) ? Dans quel domaine précis emploie-t-on habituellement ce terme ?
8. Expliquez « Non Marc n'est pas mort » (p. 72, l. 1282). Qui est en fait ce personnage ?

Écriture

9. À l'aide des éléments du texte, reconstituez la scène finale, au moment où Emma « frappe Marc ». Décrivez-la en une quinzaine de lignes.

À retenir

Pressée par son thérapeute, la narratrice ne peut que prendre conscience de l'écart entre la vie rêvée de Marc aux États-Unis et sa réalité française. Elle finit par admettre et dire qu'il n'a d'autre existence que celle d'un personnage de fiction dans une série télévisée. Ce que le lecteur a peut-être deviné ou pressenti (s'il a été attentif au vocabulaire employé) se révèle progressivement à Emma qui va devoir retourner à une « vie sans fable ».

Genre, action, personnages

Genre et registres

La première nouvelle d'un cycle

« Mark Stevenson » est la première des trois nouvelles du recueil *Les Jolis Garçons* qui présente, dans l'ordre chronologique, trois aventures amoureuses d'une jeune femme de 26 ans prénommée Emma. Chacune a pour titre le nom d'un homme avec qui l'héroïne a eu une relation.

Les personnages d'Emma, de son frère Martin et de son amie Isabelle réapparaissent dans les autres nouvelles, « Ethan Castor » et « Milan Mikaev », qui se réfèrent régulièrement à la première mésaventure sentimentale d'Emma. Il s'agit donc d'un cycle.

Plus que les deux autres, « Mark Stevenson » est assimilable à une nouvelle à chute, c'est-à-dire un court récit dans lequel les révélations qui sont faites à la fin amènent le lecteur à comprendre le sens réel du texte ou à modifier la compréhension qu'il en avait.

Une énonciation à découvrir

Le texte débute comme un récit à la troisième personne, mais les marques de la première apparaissent rapidement (« j' », p. 15, l. 6). L'impression de lire un monologue ne dure cependant pas : on trouve la trace d'un destinataire dès la page 20 (« vous », l. 113) et on comprend donc que la narratrice raconte son histoire à quelqu'un dont on découvre progressivement l'identité. À la page 24, l'accord du participe passé (« vous vous êtes inquiét*é* », l. 206) révèle un homme. D'autres informations (« votre bureau », « institution spécialisée ») permettent ensuite au lecteur de comprendre que la jeune femme se trouve dans une clinique et qu'elle parle en fait à un spécialiste (psychothérapeute, psychologue ou psychiatre) qui est le premier destinataire de son récit.

L'implicite

La compréhension de la nouvelle repose sur l'implicite, c'est-à-dire ce qui n'est pas clairement exprimé. Pour cela, l'auteure a utilisé l'ellipse (suppression d'un mot ou d'un élément du récit) et la polysémie (possibilité pour un même mot de prendre plusieurs sens). Le plus important est donc ce qu'elle ne dit pas (Marc est un personnage de série télévisée) ou ce qu'elle cache dans des zones de la nouvelle où le lecteur ne risque pas de repérer des indices, par exemple au début, quand son attention n'est pas encore focalisée sur les détails.

Le nom commun « spectatrice », en particulier, est employé seulement aux pages 26 et 37. De même, « télévision » apparaît aux pages 18 et 19 au moment de la « rencontre », puis aux pages 28 et 30, pour ne revenir qu'à la fin (p. 75, l. 1336). Entre les deux, le mot « disparaît ». Le lecteur dispose donc, dès le début de la nouvelle, de tous les indices nécessaires pour élucider le mystère : Emma, spectatrice, est tombée amoureuse d'un personnage de série. Grâce à l'ellipse, il « oublie » cependant qu'il a entendu parler de télévision au début et il ne parvient pas à anticiper la chute, malgré la présence régulière d'un vocabulaire évocateur.

Quand il rencontre des mots liés à ce thème, le lecteur ne les reconnaît de toute façon pas car Delphine de Vigan a choisi des termes dont la polysémie brouille les pistes. Ainsi, quand on lit « Oui, il m'est arrivé d'assister à leur insu à des scènes » (p. 52, l. 844-845), on interprète ce mot au sens de « scène de ménage » puisque les relations entre Marc et Betty sont présentées comme houleuses, alors qu'il aurait fallu comprendre « scène » au sens premier de « ce à quoi on assiste en tant que spectateur ». Il en va de même pour les « horaires » qui peuvent être ceux de Marc ou ceux de la programmation de la série, pour la « musique de Marc » (p. 42, l. 609-610 et p. 75, l. 1338), celle qu'il écoute ou le générique, pour les mots « série » (« Cette rencontre fut la première d'une longue série », p. 25, l. 226-227) ou « épisodes » (« Marc n'hésitait pas à livrer des détails sur sa relation avec Betty ni à résumer les épisodes précédents », pp. 46-47, l. 707-709). À chaque fois, le terme qui appartient au champ lexical de la télévision n'est pas identifié comme tel, parce qu'il est polysémique et qu'il peut aussi se rattacher au vocabulaire de la rencontre amoureuse.

Le rôle du lexique

Si on reprend le texte après en avoir compris la chute, on s'aperçoit de la présence étonnante de champs lexicaux inattendus.

Dans une nouvelle où la parole a une grande importance, il est particulièrement étrange de trouver une telle abondance de mots en rapport avec le thème de la vision (« Marc était resté avec moi, comme une lumière violente se colle à la rétine. Marc était ce point lumineux, cette étincelle éblouie incrustée dans l'œil », p. 19, l. 102-105 ; « Marc était là comme une icône, Marc se donnait à voir », p. 42, l. 603-604). Outre le verbe « voir », on trouve en très grande quantité ses composés (« revoir », « apercevoir », mais aussi « savoir » et « pouvoir » qui en rappellent les sonorités, s'ils n'en ont pas le sens).

L'attention devrait être d'autant plus attirée à la première lecture que certains mots s'expliquent mal si on ne comprend pas à quoi ils renvoient vraiment. Dans la phrase « J'ai gardé les rideaux fermés pour que ces moments n'appartiennent qu'à nous, pour que rien, aucune lumière, aucun reflet, ne puisse nous distraire de nos retrouvailles. » (p. 55, l. 912-916), le terme « reflet » ne se comprend que si on pense au reflet très gênant que peut créer la lumière extérieure sur un écran de télévision.

On pourrait faire le même travail de repérage autour du champ lexical des ondes, de l'électricité, dont l'existence n'a d'autre objectif que de nous guider sur la voie de l'identification du personnage de Marc.

Action et personnages

Des personnages stéréotypés et composites

Mark Stevenson est le stéréotype du personnage masculin parfait des séries télévisées : avocat américain riche et séduisant, il possède une voiture de sport luxueuse, est marié avec une très belle femme et tout le monde l'envie. Il incarne la perfection physique et une certaine forme d'idéal, comme en témoigne la première page de la nouvelle qui fait de lui une description si positive qu'il en devient dès le début irréel.

Emma s'appelle Pile (l'information n'est donnée que dans les autres nouvelles du recueil) et ce nom de famille rappelle celui d'Emma Peel, héroïne de la série télévisée *Chapeau melon et bottes de cuir*. Quant à son prénom, il évoque la célèbre Emma Bovary du roman *Madame Bovary* de Gustave Flaubert. La référence à Cendrillon dans la bouche de la narratrice (« À croire que Martin n'avait jamais lu *Cendrillon* », p. 62, l. 1058-1059) donne l'impression que c'est à ce personnage de conte de fées qu'elle s'identifie le plus. La narratrice de cette nouvelle est donc le mélange étonnant de trois héroïnes pourtant très différentes, symboles de féminité, de rêverie et d'abandon au prince charmant.

Une dénonciation de la littérature ?

Dans le roman de Flaubert, Emma est une provinciale qui a reçu une certaine éducation et dont les lectures lui ont donné le goût du romanesque, au point qu'elle ne se satisfait pas de ce qu'elle a et essaie de compenser, par l'adultère et les dépenses, un mariage sans amour et l'ennui qu'elle ressent dans la vie. Déçue et endettée, elle se suicidera (comme Ariane, l'héroïne de *Belle du Seigneur* d'Albert Cohen). Le roman, qui a fait scandale à sa parution en 1857 avant de devenir un des livres les plus célèbres de la littérature française, a fait de Madame Bovary le symbole de toutes les rêveuses qui courent à leur perte. Le prénom de la narratrice de cette nouvelle n'a sans doute pas été choisi par hasard par Delphine de Vigan, qui a fait des études approfondies dans le domaine des lettres.

La narratrice est privée de lecture, en tout cas de certaines lectures : « Sont proscrits : les romans à l'eau de rose, les contes, les biographies de personnes célèbres, et, d'une manière générale, toutes les histoires où il est question de sentiments amoureux » (pp. 28-29, l. 303-306). Ces textes représentent donc un danger : ils risquent de perturber l'équilibre psychologique des personnes fragiles, de même que la littérature sentimentale l'a fait pour les grandes héroïnes romanesques de la littérature française. S'imaginer une vie de personnage de télévision ou de cinéma crée pour Emma les mêmes difficultés.

L'enfermement

La narratrice, au moment où elle parle, est enfermée dans un institut spécialisé ; elle ne peut pas sortir ; c'est son frère Martin qui lui rend visite. Il n'y a aucun changement de lieu pendant toute la nouvelle ; on peut même imaginer que le récit se fait constamment dans la même pièce, celle où le personnage rencontre son médecin.

Emma s'est enfermée dans sa relation avec Marc au sens propre comme au sens figuré : de peur de rater un épisode, elle finit par ne plus du tout bouger (« À partir de décembre, je ne suis plus sortie », p. 53, l. 871-872). Elle se fait monter des courses par un épicier et passe des journées à attendre le début de sa série préférée dans l'ombre, en s'y préparant physiquement. Les moments décrits se passent presque tous dans le salon, lieu où la télévision est installée, c'est pour cette raison que c'est la pièce la plus citée dans la nouvelle (8 occurrences). On ne se demande pourtant à aucun moment pourquoi la rencontre entre Emma et Marc se déroule exclusivement dans cette pièce.

Le danger du silence

Progressivement Emma se coupe donc des autres, de son amie Isabelle et même de son frère Martin. Elle garde pourtant de son enfance l'expérience du silence et des dégâts qu'il cause (« Ils ne savaient pas. Combien le silence pèse, et qu'il ronge les familles, par petits bouts. », p. 32, l. 378-380).

Déjà dans *Les Heures souterraines*, l'héroïne Mathilde, qui est victime de harcèlement sur son lieu de travail, retrace le mécanisme inexorable d'exclusion dont elle a été victime et se rend compte qu'elle ne peut pas le dénoncer car elle ne l'a pas fait assez tôt (« Elle s'était tue » ; « Elle n'en parle pas. Même à ses amis. » ; « Au début, elle a essayé » ; « À chaque fois, elle s'est interrompue » ; « Elle aurait dû raconter. Dès le début. Dès le tout début. »). Dans les deux cas, cette habitude du silence fait de ces personnages des victimes idéales.

La cure qu'Emma suit à l'hôpital est donc une cure de parole. Le traitement est basé sur des entretiens, sur des échanges car c'est en étant poussée à raconter et à expliquer qu'elle pourra comprendre les mécanismes qui l'ont amenée là et qu'elle pourra guérir.

L'addiction à l'image

Fragilisée, considérant sa vie comme inintéressante et vide, Emma est donc la proie idéale des concepteurs des séries télévisées : il s'agit de créer des personnages très séduisants, qui gardent un côté suffisamment humain pour qu'on puisse s'identifier à eux, qui rencontrent des moments de faiblesse propres à susciter la compassion ou la pitié du spectateur (c'est le cas de Marc qui a des difficultés de couple et qui se met à boire).

Chaque épisode a une durée fixe et s'interrompt à un moment où le suspense est tel que le spectateur va attendre avec impatience l'épisode suivant et se sentira presque « obligé » de le regarder.

Le raisonnement est cependant poussé ici à l'extrême : si de très nombreuses personnes suivent régulièrement une série sans en manquer un épisode au point qu'on puisse parler de dépendance, rares sont celles qui finissent par confondre totalement réalité et fiction. C'est le cas d'Emma, qui vit une véritable passion amoureuse (avec attirance, séduction, désir, manque, enfermement, douleur) pour un être imaginaire.

À ce stade d'addiction, Emma ne peut s'en sortir que grâce à son suivi psychologique. Elle y voit enfin clair puisqu'elle parle de « cette vie sans fable que je dois me réapproprier » (p. 60, l. 1027-1028), mais semble regretter la « fable », plus riche que la réalité. C'est d'ailleurs un sentiment exprimé par toutes les personnes qui ont été victimes de ce type de confusion mentale, qu'elle soit due à la fréquentation abusive de la télévision, du cinéma ou des jeux vidéo.

Bibliographie et filmographie

Connaître Delphine de Vigan

On peut se référer au site Internet Wikipedia pour trouver des informations sur l'auteure et des liens qui renvoient aux différentes entrevues qu'elle a pu accorder à la presse.

« Les 20 ans de Delphine de Vigan » (http://www.letudiant.fr/loisirsvie-pratique/loisirsvie-pratique-people/les-20-ans-de-delphine-de-vigan-19003.html).

◗ L'auteure revient sur ses études, ses difficultés personnelles pendant celles-ci et son parcours.

Pour approfondir

Lire Delphine de Vigan

Jours sans faim, Grasset, 2001, J'ai lu, 2009.

◗ Le premier roman de Delphine de Vigan, inspiré par son expérience de l'anorexie.

Les Jolis Garçons, Jean-Claude Lattès, 2005, Le Livre de poche, 2010.

◗ Le recueil d'où est tirée la nouvelle « Mark Stevenson » ; trois histoires d'amour d'Emma Pile, présentées dans l'ordre chronologique.

No et moi, Jean-Claude Lattès, 2007, Le Livre de poche, 2009.

◗ Une jeune surdouée jugée asociale décide de venir en aide à une jeune SDF.

Les Heures souterraines, Jean-Claude Lattès, 2009, Le Livre de poche, 2011.

◗ Un roman marquant sur les difficultés liées au harcèlement dans le monde du travail.

Rien ne s'oppose à la nuit, Jean-Claude Lattès, 2011, Le Livre de poche, 2012.

◗ Delphine de Vigan enquête sur sa mère après la mort de celle-ci et cherche à reconstituer son mystère, les raisons pour lesquelles elle s'est suicidée.

Delphine de Vigan et le cinéma

No et moi, film de Zabou Breitman, 2010 (105 mn).

◗ L'adaptation du roman du même nom.

Tu seras mon fils, film de Gilles Legrand, 2011 (102 mn).

▶ Delphine de Vigan est coscénariste de ce film dans lequel on retrouve son intérêt pour le thème de la famille.

Dans le vignoble bordelais, le propriétaire d'un grand domaine se voit privé de son régisseur, gravement malade. Pour organiser les nouvelles vendanges et élever son vin, il écarte son fils, qui voudrait s'investir davantage à ses côtés, et le remplace peu à peu par le fils de son régisseur.

À coup sûr, film de Delphine de Vigan, 2014 (91 mn).

▶ Le premier film de la romancière, tourné au cours de l'année 2013. L'héroïne se nomme Emma, comme dans « Mark Stevenson ». Cette jeune femme, apparemment sûre d'elle, se trouve un défaut qu'elle entreprend de corriger, ce qui provoque autour d'elle perturbations et quiproquos.

L'univers musical

Pour se mettre dans l'ambiance qui préside à la création des textes de la romancière, on peut écouter les chansons qu'elle utilise dans ses œuvres.

Osez Joséphine.

▶ Cette chanson d'Alain Bashung, sur l'album du même nom (1991), a inspiré Delphine de Vigan pour le titre *Rien ne s'oppose à la nuit*. Il s'agit en effet des paroles du refrain.

Comme un légo.

▶ Ce titre, écrit par Gérard Manset pour Alain Bashung, est utilisé comme exergue dans *Les Heures souterraines*. On le trouve sur les albums *Manitoba ne répond plus* de Manset et *Bleu pétrole* de Bashung, tous deux sortis en 2008.

Complétez ces pages pour garder une trace de votre lecture

Titre :

Auteur :

Date de publication :

Genre :

Résumé :

Complétez ces pages pour garder une trace de votre lecture

Nom des personnages :

Les relations entre les personnages sous forme de schéma / arbre :

Complétez ces pages pour garder une trace de votre lecture

Mes citations préférées :

Le passage que j'ai aimé :

Complétez ces pages pour garder une trace de votre lecture

Ce que je vais retenir :

Mon avis sur le livre :

Impression : « La Tipografica Varese S.p.A. » Varese (Italie)
Dépôt légal : mars 2014 – 314294
N° de projet : 11026671 – mars 2014